D1875557

*Über dieses Buch* Jerome Klapka Jerome (1859–1927) ist ein Klassiker des britischen Humors. In dem Roman »Engel werfen keine Schatten« erzählt Jerome die ironisch verspielte Liebesgeschichte eines englischen Fliegeroffiziers mit einer bretonischen Fee. Doch bevor dieses zauberhafte Geschöpf nach dem dritten Kuß zu einer ganz normalen Menschenfrau wird, richtet es unter den biederen Einwohnern eines englischen Provinznests noch allerhand Verwirrungen an.

Es treten auf: *Staffelkapitän Raffleton,* Offizier und Gentleman. *Malvina,* eine gute Fee, wenn auch mit einer verwerflichen Neigung zu Unfug und Schabernack ausgestattet. *Professor Littlecherry,* liebenswert, doch zeitweilig ein wenig vertrottelt; liebt die Volkskunde und okkultistische Wissenschaften. *Victor und Victoria,* zwei neugierige Zwillinge. *Mr. Arlington,* Gutsbesitzer, ein stämmiger, rotbackiger Mann, der nie Zeit hat. *Mrs. Arlington,* eine fröhliche, friedfertige, äußerst liebenswürdige Dame, solange das Leben von ihr nichts anderes erwartet, als eine angenehme Erscheinung und ein sonniges Wesen. *Mr. Marigold,* Mitglied des Unterhauses im Parlament seiner Majestät und recht konservativ. *Mrs. Marygold,* die anscheinend dumm ist, aber plötzlich der Ortsgruppe der Sozialisten beitritt. Sowie einige Tiere zu Wasser, zu Lande und in der Luft. Die Schauplätze: Ein Hochplateau in der Bretagne sowie ein englisches Provinznest. Lesen kann man diese Geschichte auf ganz verschiedene Weise, als ein Märchen, auch als Liebesgeschichte, als Fantasy-Erzählung oder als humorvolle Phantasterei über die Grenzen zwischen Vernunft und Mythos. Die Federzeichnungen von Hans Küchler sind ebenso verspielt wie Jeromes amüsantes Kleinkunstwerk.

*Der Autor* Jerome Klapka Jerome, englischer Erzähler und Dramatiker, wurde am 2. 5. 1859 in Walsall/Stafford geboren. Er starb am 14. 6. 1927 in Northhamption. Er begründete seinen Ruf als Humorist 1889 mit »Drei Männer in einem Boot« (dt. 1897) und mit »Müßige Gedanken eines müßigen Kumpels« (dt. 1893). Seine Erfahrungen als Theaterdirektor einer Truppe beschrieb er in seinem ersten Buch »On the Stage and Off« (1885). 1892 gründete er mit anderen die Monatszeitschrift »The Idler« (dt. »Der Müßiggänger«). Ansonsten schrieb J. K. Jerome autobiographische Prosa und Dramen.

*Als Fischer Taschenbuch erschien bereits:* »Drei Männer auf einem Bummel« (Bd. 8156).

Jerome K. Jerome

# Engel werfen keine Schatten

Roman

Aus dem Englischen von
Silke Resinelli

Mit Illustrationen von
Hans Küchler

Fischer
Taschenbuch
Verlag

Ungekürzte Ausgabe
Veröffentlicht im Fischer Taschenbuch Verlag GmbH,
Frankfurt am Main, Juli 1985
Titel der englischen Originalausgabe:
»Malvina of Brittany«
Erschienen: 1916 bei Cassell and Company, London
Lizenzausgabe mit freundlicher Genehmigung
der Arche Verlags AG, Zürich
Copyright der deutschen Ausgabe:
© 1981 by Sanssouci Verlags AG, Zürich
Umschlaggestaltung: Rambow, Lienemeyer, van de Sand
unter Verwendung einer Illustration von Roswitha Könitz
Druck und Bindung: Clausen & Bosse, Leck
Printed in Germany
780-ISBN-3-596-28157-1

# INHALT

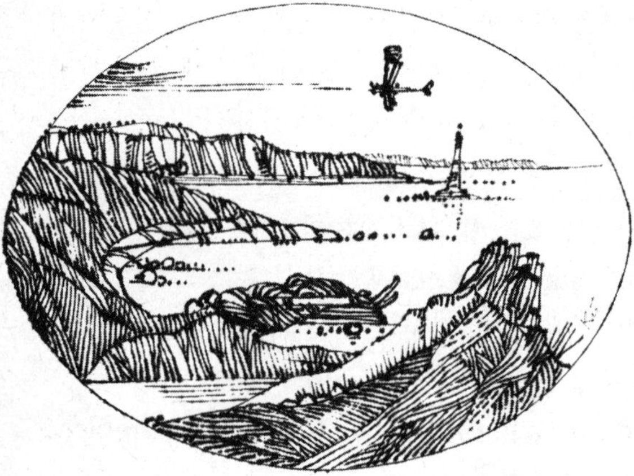

# DAS VORWORT

Selbst hat der Doktor die Geschichte nie wirklich geglaubt – obschon er behauptet, daß sie seine Lebenseinstellung tiefgreifend verändert habe ... «Natürlich, was da tatsächlich passiert ist, was sich da unmittelbar vor meiner Nase abgespielt hat», fuhr er fort, «will ich nicht abstreiten. Und dann ist da ja noch die Sache mit Mrs. Marigold. Eine höchst bedauerliche Affäre, wie ich offen zugeben muß. Aber für sich allein genommen, beweist diese Geschichte gar nichts. Bei diesen halb ausgeschlüpften, unablässig kichernden Weibspersonen – normalerweise ist das ja eine Schale, die sie mit der ersten Jugend abstreifen – weiß man ohnehin nie, woran man ist. Was die andern betrifft, so beruht das Ganze auf einer sehr einfachen wissenschaftlichen Grundlage. Die Idee lag, wie man so sagt, ‹in der Luft›: eine vorüberziehende spirituelle

Strömung. Als sie sich verzogen hatte, war alles vorbei. Was diesen ganzen Hokuspokus angeht, so –»

Von dem in Dunkelheit versinkenden Hochland tönte der Ruf einer verlorenen Seele herüber. Er stieg an und fiel und starb dahin.

«Singende Steine», erklärte der Doktor, während er stehenblieb, um seine Pfeife neu zu stopfen. «Man findet sie recht häufig in dieser Gegend. In der Eiszeit sind darin Hohlräume entstanden. Abends, beim Einnachten, kann man sie hören. Die Temperaturen fallen plötzlich ab, es entsteht ein Luftzug, und der verursacht dann das Geräusch. – Mit irgend so was fangen alle diese Ideen an.»

Die Pfeife qualmte wieder, und der Doktor setzte den Spaziergang fort. «Ich will nicht behaupten», fuhr er weiter, «daß all das auch ohne ihr Kommen geschehen wäre. Zweifellos war sie es, die für die nötigen psychischen Voraussetzungen gesorgt hat. Es war da irgend etwas an ihr – eine Art Ausstrahlung. Dieses wundersame, altertümliche Französisch – damit schien sie, immer wenn sie sprach, König Arthur und seine ganze Tafelrunde wieder lebendig machen zu können. Ein listiges kleines Biest – das ist die einzige Erklärung. Aber wenn sie einen so anschaute, so aus ihrer merkwürdigen, fernen Abgeschlossenheit heraus...»

Der Doktor ließ den Satz unbeendet.

«Na ja, und für den alten Littlecherry», fuhr er unvermittelt weiter, «ist das sowieso ein Spezialgebiet: Volkskunde, Okkultismus und all dieser Kram. Wenn jemand bei ihm an die Türe klopft und trägt das leibhaftige Schneewittchen in den Armen, so würde der höchstens mit Kissen herumzuwirtschaften beginnen und sich erkundigen, ob die Dame wohl gut geschlafen habe! Einmal hat er ein Samenkorn gefunden – er muß es aus irgend so einem Fossil herausgekratzt haben – und es in einem Blumentopf im Arbeitszimmer großgezogen. Es kam so ziemlich das armseligste Unkraut dabei hervor, das Sie je gesehen haben. Er aber redete davon in einer Tonlage, als hätte er das Elixier des Lebens entdeckt! Gesagt hat er davon natürlich nichts, aber die Art und Weise, wie er sich benahm, war schon vielsagend genug. Schon das allein hätte genügt, um eine Geschichte wie die mit Malvina ins Rollen zu bringen. Dazu hätte es diese verrückte irische Haushälterin, die ihm den Kopf vollgestopft hat mit Elfen und Feen und Gottweißwas sonst noch, gar nicht erst gebraucht.»

Wieder versank der Doktor in Schweigen. Der helle Streifen am Horizont verblaßte immer mehr. Eins neben dem andern blinkten die Lichter des Dorfes aus der Tiefe empor. Eine lange, niedrige Lichterreihe, wie ein glänzender Drache im Gefolge des großen Westexpreß den Horizont entlangkriechend, bewegte sich behutsam gegen Swindon.

«Sie war ganz und gar ungewöhnlich, diese ganze Angelegenheit», fuhr der Doktor fort. «Völlig ungewöhnlich. Aber wenn Sie die Erklärung des alten Littlecherry dafür akzeptieren wollen –»

Er stieß mit dem Fuß an einen langen, grauen Stein, der halb verborgen im Grase lag, und konnte sich mit knapper Not vor dem Hinfallen bewahren.

«Überreste eines alten Cromlech», erklärte er. «Irgendwo hier herum würden wir beim Graben vermutlich auf ein Bündel vermorschter Knochen stoßen, das über dem Staub eines urzeitlichen Picknickkorbes kauert. Interessante Gegend hier!»

Der Abstieg war mühsam. Der Doktor sprach erst wieder, als wir bei den ersten Häusern des Dorfes angelangt waren.

«Ich frage mich, was aus ihnen geworden ist, aus diesem kleinen Biest und aus dem famosen Staffelkapitän Raffleton», sagte er nachdenklich. «Eine verrückte Geschichte, das Ganze. Ich wünschte, ich hätte ihr wirklich auf den Grund kommen können.»

Wir waren an der Gartenpforte des Doktors angekommen. Er stieß sie auf und ging auf das Haus zu. Mich schien er völlig vergessen zu haben.

«Ein wortgewandtes kleines Ding», hörte ich ihn vor sich hinmurmeln, als er sich bereits an der Haustüre zu schaffen machte. «Und bestimmt voller guter Absichten. Aber dieses Lügenmärchen da . . .»

Genau dieses Lügenmärchen habe ich mir stückweise neu zusammengesetzt aus den voneinander abweichenden Darstellungen des Professors und des Doktors und aus dem, was das ganze Dorf über die Ereignisse wußte.

# WIE DIE GESCHICHTE BEGANN

Die Geschichte beginnt, wenn ich richtig schätze, so um das Jahr zweitausend vor Christi Geburt oder, um genauer zu sein – denn Zahlen sind nicht gerade die Stärke der alten Chronisten – zu jener Zeit, als König Heremon über Irland herrschte und Harbundia die Königin der Weißen Damen von Brittannien war. Ihre bevorzugte Hofdame war eine Fee und hieß Malvina. Und es ist diese Malvina, mit der sich unsere Geschichte vornehmlich befassen wird. Viele recht erfreuliche Ereignisse sind überliefert, die ihr zur Ehre gereichen. Die Weißen Damen gehörten nämlich zu den guten Feen und wurden im großen und ganzen diesem Ruf auch gerecht. In Malvina allerdings muß Seite an Seite mit vielem Lobenswertem auch eine äußerst verwerfliche Neigung zum Unfug vorhanden gewesen sein. Eine Neigung, die bei einem Troll oder Wichtelmann entschuldbar sein mag, einer wohlerzogenen Weißen Dame, die doch als Wohltäterin und Freundin der ganzen Menschheit auftritt, jedoch keineswegs angemessen ist. Um nur zwei Beispiele zu nennen: Einen höchst angesehenen Besitzer von Zinn-Minen verwandelte sie, bloß weil er sich weigerte, mit ihr um Mitternacht am Ufer eines Bergsees zu tanzen – wobei doch weder die Zeit noch der Ort einem alten Herrn, der vermutlich an Rheumatismus litt, zusagen konnte –, geradewegs in eine Nachtigall! Eine Verwandlung übrigens, die eine völlige Umstellung in den Lebensgewohnheiten notwendig machte und daher für einen Geschäftsmann nicht eben angenehm gewesen sein dürfte. Im zweiten Fall scheint eine nicht unbedeutende Königin, die das Mißgeschick hatte, sich mit Malvina über einen lächerlichen Punkt der Etikette nicht einigen zu können, sich beim Erwachen am folgenden Morgen in etwas verwandelt gefunden zu haben, das nach den Beschreibungen der alten

Chronisten einem Eierkürbis nicht unähnlich war.

Verwandlungskünste dieser Art muß man, wenn man dem Professor folgen kann (er behauptet übrigens, ausreichende historische Zeugnisse vermöchten unwiderlegbar zu beweisen, daß die Weißen Damen einst eine wirkliche, lebende Gemeinschaft waren), natürlich im allegorischen Sinn auffassen. Ähnlich wie heutige Irre sich einbilden, eine chinesische Vase oder ein Papagei zu sein, muß es für die Wesen einer überlegenen Ordnung damals ein leichtes gewesen sein, auf die abergläubischen Wilden ihrer Umgebung, auf Menschen also, die, intellektuell betrachtet, nicht viel mehr als große Kinder gewesen sein können, einen hypnotischen Einfluß auszuüben. Dies jedenfalls folgert Professor Littlecherry.

«Nehmen Sie nur einmal den Nebukadnezar» – ich zitiere noch immer den Professor –, «heutzutage würden wir so einen in eine Zwangsjacke stecken und einsperren. Hätte er statt im Nahen Osten im nördlichen Europa gelebt, bestimmt würde uns die Legende berichten, wie ihn irgendein Kobold oder Stromkarl in eine aus einer Schlange, einer Katze und einem Känguruh zusammengesetzte Mischform verwandelt hat.»

Wie dem auch sei: Malvinas Lust am Menschenverwandeln muß immer stärker geworden sein, bis sie nichts weniger als ein öffentliches Ärgernis darstellte, was die gute Fee schließlich in arge Schwierigkeiten brachte.

Der Vorfall, zu dem es dabei kam, ist einmalig in den Annalen der Weißen Damen, und die Chronisten berichten mit offensichtlicher Genugtuung darüber. Ausgelöst wurde er durch die Verlobung von Prinz Gerbot, dem einzigen Sohne von König Heremon, mit Prinzessin Berchta von der Normandie. Malvina scheint sich dazu zunächst nicht geäußert zu haben, wartete vielmehr ihre Zeit geduldig ab. Die Weißen Damen waren, wie man sich erinnert, ja nicht einfach nur reine Feen. Unter bestimmten Umständen war es ihnen auch möglich, Menschenfrauen zu werden. Ein Umstand, der, wie man annehmen darf, einen beunruhigenden Einfluß auf ihre Beziehungen zu begehrenswerten männlichen Sterblichen ausgeübt haben muß. Prinz Gerbot selbst ist sicher nicht ganz frei von Schuld gewesen. In jenen so betrüblich unaufgeklärten Zeiten waren junge Männer ja möglicherweise im Umgang mit Damen – Weißen und anderen! – nicht immer die Besonnenheit und Wohlanständigkeit selbst ...

Von Malvina jedenfalls möchte man gerne das Beste annehmen.

Aber selbst beim besten Willen war ihr Verhalten diesmal unentschuldbar. An dem für die königliche Hochzeit festgesetzten Tag scheint sie sich nämlich in jeder Hinsicht selbst übertroffen zu haben. In welche besondere Form oder Gestalt sie den unseligen Prinzen Gerbot verwandelt hat – oder in welche Form oder Gestalt ihn verwandelt zu haben sie ihm einredete –, erscheint, was Malvinas sittliche Verantwortung angeht, unwesentlich. Die Chronik zumindest schweigt sich darüber aus. Offensichtlich war es zu undelikat, als daß ein seiner

Würde bewußter Chronist es auch nur anzudeuten gewagt hätte. Da – nach andern Stellen des Werkes zu urteilen – Zimperlichkeit nicht gerade die literarische Schwäche des betreffenden Chronisten gewesen zu sein scheint, kann der Leser – mindestens der empfindsame – nur froh darüber sein, daß ihm des Rätsels Lösung vorenthalten wird. Wer weiß, ob er die Sache überhaupt verkraften könnte.

Natürlich hatte das Kunststück die gewünschte – von Malvina aus gewünschte – Wirkung: Prinzessin Berchta warf einen einzigen Blick auf das, was einst ihr Verlobter gewesen war, um dann ohnmächtig in die Arme der Hofdamen zu sinken. Die Hochzeit wurde auf unbestimmte Zeit verschoben, und Malvina kicherte – so muß man ihr wohl betrüblicherweise unterstellen – vergnügt vor sich hin. Aber sie sollte sich ihres Triumphs über die Rivalin nicht lange erfreuen.

Das Verhängnis wollte es, daß König Heremon ein ausgesprochener Gönner von Kunst und Wissenschaft war. Zu seinen engsten

Freunden gehörten die Zauberer, die bösen Genien, die neun Weisen oder Elfen von Brittannien – alles Leute also, die in der Lage waren, auf die Feenwelt Einfluß zu nehmen, und die, wie der Verlauf der Dinge beweist, auch gewillt waren, von ihren Möglichkeiten Gebrauch zu machen. Jedenfalls erschienen schon bald Botschafter bei Königin Harbundia, und dieser blieb, selbst wenn sie gewünscht hätte, ihrer Lieblingsdame beizustehen, keine andere Wahl, als König Heremon zu gehorchen. Kurz und gut: Malvina wurde angewiesen, dem Prinzen Gerbot seinen richtigen Leib zurückzuerstatten samt allem, was darin enthalten war.

Malvina lehnte schlichtweg ab! Eine eigensinnige, trotzige Fee, die eindeutig an Überheblichkeit litt! Und dann war da ja noch dieser private Ehrgeiz. Malvina durfte nicht daran denken, daß Prinz Gerbot diese Berchta heiraten wollte. Da würde sie lieber zusehen, wie König Heremon und dieser Anniamus mit seinem lächerlichen alten Zaubermantel und der ganze Rest der Gesellschaft . . .

Eine solide und korrekte Weiße Dame hätte so einen Satz nicht einmal für sich allein im Kopf zu Ende gedacht. Bei Malvina aber sieht man förmlich das Blitzen des Feenauges, das eigensinnige Stampfen des Feenfußes. Was konnten sie ihr denn schon antun, alle miteinander! Die mit ihren Schnatterzungen und dem unentwegten bedauernden Kopfschütteln! Ihr, einer unsterblichen Fee! Sie würde Prinz Gerbot zurückverwandeln, wann es ihr paßte. Sollten die sich doch um ihre eigenen Zauberkunststücke kümmern und sie mit den ihren in Ruhe lassen.

Man kann sich die langen Spaziergänge und die dramatischen Gespräche zwischen der verzweifelten Harbundia und ihrer widerspenstigen Favoritin gut vorstellen – flehentliche Appelle an die Vernunft, an das Gefühl: «Um meinetwillen, Liebste!» – «Ja, kannst du mich denn nicht verstehen?» – «Und wenn schon, Liebes, selbst wenn er das getan hätte.»

Anscheinend endete das Ganze damit, daß Harbundia jegliche Geduld verlor. Es gab da eine Möglichkeit, die ihr offenstand, eine Möglichkeit, von der Malvina entweder nichts gewußt oder die sie zumindest nicht in Erwägung gezogen hat. Für die Nacht des Mittsommermondes wurde eine außerordentliche Versammlung der Weißen Damen angekündigt. Der Ort dieses Treffens wird übrigens von den alten Chronisten mit einer für sie ungewöhnlichen Genauigkeit beschrieben. Es war die Hochebene, die der Zauberer Kalyb viele Zeitalter zuvor über die Bretagne erhoben hat, um König Tamaris eine würdige Grabstätte zu bieten. Der Ort hieß «Meer der sieben Inseln» und lag eher im Norden der Bretagne. Vermutlich ist er mit der von den Arreebergen gebildeten Hügelkette identisch. Der Umstand, daß auch die «Dame von der Quelle» mit anwesend war, läßt einen an den tiefen grünen Teich denken, aus dem der Silberfluß seinen Ursprung nimmt. Man wird sich den Ort ungefähr zwischen den heutigen Städten Morlais und Callac zu denken haben.

Heute noch erzählen Wanderer von der stummen Verlassenheit dieses Hochplateaus, wo man weder einen Baum noch ein Haus noch sonst eine Spur von Menschen antrifft. Mit Ausnahme eben jenes hoch aufragenden Monolithen, um den die schrillen Winde unaufhörlich stöhnen. Dort, vielleicht gar auf einem Bruchstück dieser großen grauen Steine, saß damals Königin Harbundia über Malvina zu Gericht. Das Urteil lautete – und dagegen gab es keine Berufungsmöglichkeit –, daß die Fee Malvina ausgestoßen werde aus der Gemeinschaft der Weißen Damen von Brittannien. Über das Antlitz der Erde solle sie wandern, einsam und ohne Hoffnung auf Verzeihung. Und aus dem Namensbuch der Weißen Damen solle der Name Malvina für immer gelöscht sein.

Dieser Schlag muß Malvina ebenso schwer wie unerwartet getroffen haben. Ohne ein Wort, ohne Blick zurück ging sie davon. Man kann es sich nicht drastisch genug ausmalen, wie sie da in die Welt hinauswanderte: mit bleichem, weißem Gesicht, weitgeöffneten, blicklosen Augen, mit unsicheren Schritten, tastenden Händen, ein tödliches Schweigen wie ein Grabtuch ringsum.

Mit dieser nächtlichen Szene verschwindet die Fee Malvina aus der Chronik über die Weißen Damen, sie verschwindet aus der Legende, aus der Volkssage überhaupt. Und sie tritt erst Anno Domini 1914 wieder in die Geschichte ein.

# WIE ES DAZU KAM ODER: DIE FOLGEN EINER NOTLANDUNG

Es geschah an einem Abend gegen Ende Juli 1914. Staffelkapitän Raffleton, vorübergehend einem in Brest stationierten französischen Geschwader zugeteilt, erhielt telegraphisch die Anweisung, sofort zum Hauptquartier der britischen Luftwaffe in Farnborough (Hampshire) zurückzufliegen. Da eine klare Vollmondnacht zu erwarten war, entschloß sich Raffleton, einen Nachtflug zu riskieren und sofort aufzubrechen. Er hob so gegen neun Uhr von der Piste ab und flog über die unmittelbar daneben liegende Militärbasis von Brest hinweg in Richtung Großbritannien davon.

Kurz nach Huelgoat bekam er Schwierigkeiten mit dem Vergaser. Zuerst hoffte er, bis Lannion durchzukommen, wo er fachmännischer Hilfe gewiß sein konnte. Als sich aber die Situation verschlimmerte und er zudem ein für eine Landung geeignetes Stück ebenen Terrains unter sich ausmachen konnte, beschloß er, eine Notlandung vorzunehmen und den Schaden selbst zu reparieren. Die Landung glückte ohne Schwierigkeiten, und Raffleton machte sich daran, die Reparatur auszuführen. Ganz auf sich allein gestellt, kostete ihn diese Arbeit mehr Zeit, als er vorausgesehen hatte.

Es war eine warme, schwüle Nacht, und als der Schaden endlich behoben war, fühlte Raffleton sich müde und abgespannt. Schweißperlen standen ihm auf der Stirne. Schon hatte er den Helm aufgesetzt und war eben daran, ins Cockpit zu steigen, als die Schönheit der Nacht ihn doch noch verlockte, ein paar Schritte zu gehen, um sich abzukühlen. Er zündete sich eine Zigarre an und schaute sich in der unmittelbaren Umgebung etwas näher um.

Das Plateau, auf dem er gelandet war, erwies sich als ein hoch über die Landschaft aufragendes Tafelland. Von Raffletons Standpunkt aus breitete es sich nach allen Seiten aus, ohne

Baum, ohne Haus. Da war nichts, was die schnurgeraden Linien des Horizonts unterbrochen hätte. Mit Ausnahme einer Gruppe schmaler, grauer Steine, Überbleibseln eines uralten Menhirs, wie man sie – so erinnerte sich Raffleton – in diesen einsamen Landstrichen der Bretagne häufig genug antrifft. Meist liegen diese Steine umgestürzt und weit verstreut in der Gegend herum, aber dieses besondere Exemplar schien durch irgend einen merkwürdigen Zufall über alle Jahrhunderte hinweg unversehrt geblieben zu sein.

Mäßig neugierig, schlenderte Staffelkapitän Raffleton gemächlich auf das Monument zu. Der Mond hatte eben seinen Zenith erreicht. Wie still die Nacht sein mußte, wurde er sich erst gewahr, als er deutlich die Schläge einer Kirchturmuhr hören und zählen konnte, die doch mindestens sechs Meilen weit entfernt sein mußte. Er erinnert sich, daß er auf seine eigene Uhr schaute und konstatierte, daß sie ein wenig anders ging als die Turmuhr. Sie zeigte acht Minuten nach zwölf.

Mit dem Dahinsterben der letzten Schwingungen der fernen Glocke schienen Schweigen und Einsamkeit an diesen abgelegenen Ort zurückzukehren. Während er mit seiner Reparatur beschäftigt gewesen war, hatte ihn das nicht gestört. Jetzt aber, neben den schwarzen Schatten, die diese altehrwürdigen Steine warfen, wurde die Stimmung für ihn erdrückende Gegenwart. Mit einem Gefühl der Erleichterung dachte er daran, daß er ja nur zu seiner Maschine zurückzukehren und den Motor anzuwerfen brauchte. Der Propeller würde schwirren, der Motor würde dröhnen und ihm das angenehme Gefühl von Leben und Sicherheit zurückgeben. Nur einmal noch wollte er um die Steine herumgehen. Fabelhaft, wie sie der Zeit widerstanden hatten! So wie man sie hingepflanzt hatte – möglicherweise schon vor zehntausend Jahren –, so standen sie alle noch immer da wie der Altar eines riesigen, leeren, vom Himmel überdachten Tempels.

Während Raffleton all das betrachtete, an seiner Zigarre saugte und gegen ein seltsames, längst vergessen geglaubtes Verlangen ankämpfte, das an seinen Knien zerrte, drang aus dem innersten Herzen der großen, grauen Steine das regelmäßige Geräusch eines sanften ruhigen Atmens.

Raffleton gesteht heute freimütig, daß sein erster Gedanke war, sich aus dem Staub zu machen. Einzig sein soldatisches Pflichtgefühl war schuld daran, daß er wie gebannt auf dem Heidekraut stehenblieb. Natürlich gab es für das Geräusch eine ganz einfache Erklärung: Irgend ein Tier hatte sich dort ein Nest gebaut. Andererseits aber: Gab es ein Tier, das so fest schlief, daß menschliche Schritte es nicht weckten? Angenommen, es wäre verwundet und könnte nicht mehr fliehen – würde es dann mit solch ruhiger, sanfter Regelmäßigkeit atmen? Mit diesem beruhigenden Geräusch, das die Stille und das Schweigen ringsum durchbrach? Junge Eulen, von den Bauern «Schnarcher» genannt, machen so ein Geräusch.

Kurzentschlossen warf der junge Raffleton seine Zigarre weg, ließ sich auf die Knie nieder und tastete zwischen den Schatten herum. Bis er unversehens auf etwas Warmes, Weiches, Nachgiebiges stieß...

Aber eine Eule war es nicht. Er konnte sie nur sehr leicht berührt haben, denn noch immer wachte sie nicht auf. Sie lag da, den Kopf in den Arm gebettet. Und jetzt, wo er ihr so nahe war und seine Augen sich langsam an die Schatten gewöhnten, sah er sie ganz deutlich: das Wunder ihrer geöffneten Lippen, das Leuchten ihrer weißen Glieder unter dem hauchdünnen Gewand.

Die einzig richtige Reaktion wäre natürlich gewesen, aufzustehen und sich leise zu entfernen. Dann hätte er zum Beispiel husten können. Oder, wenn sie davon nicht erwacht wäre, sie an der Schulter berühren und sie erst leise, dann etwas lauter mit «Mademoiselle» oder «mon enfant» ansprechen... Aber am besten wäre gewesen, er hätte sich auf Zehenspitzen entfernt und sie schlafen lassen.

Dieser Gedanke scheint ihm allerdings gar nicht erst gekommen zu sein. Wobei man ihm zugute halten muß, daß er erst dreiundzwanzig war und sie ihm, eingetaucht in das purpurfarbene Mondlicht, als das schönste Geschöpf erschien, das er je mit Augen gesehen hatte. Und zudem lag da über allem dieses lastend Geheimnisvolle, diese Atmosphäre längstvergangener, ferner Zeiten, aus denen die Wurzeln des Lebens noch immer ihren Saft ziehen. Man muß davon ausgehen, daß er völlig vergaß, wer er war: Staffelkapitän Raffleton, Offizier und Gentleman; daß er keinen blassen Dunst mehr davon hatte, was die schicklichen gesellschaftlichen Umgangsformen für den Fall vorsahen, daß man auf einsamer Flur einem schlafenden Mädchen ohne Anstandsdame gegenüberstand. Noch wahrscheinlicher ist allerdings, daß Raffleton überhaupt nichts dachte, sondern sich, bezwungen von einer unwiderstehlichen Macht, zu dem Mädchen niederbeugte und es küßte.

Das war kein platonischer Kuß auf die Stirn, kein brüderlicher Kuß auf die Wange, sondern ein Kuß geradewegs auf die geöffneten Lippen – ein Kuß der Anbetung und des höchsten

Staunens, ähnlich demjenigen, womit Adam seine paradiesische Eva geweckt haben dürfte.

Sie öffnete die Augen und schaute Raffleton verschlafen an. Sie schien nicht im Zweifel darüber zu sein, was geschehen war. Obwohl seine Lippen sich noch immer auf die ihren preßten, war sie überhaupt nicht überrascht und erst recht nicht ungehalten. Während sie sich zum Sitzen aufrichtete, lächelte sie und streckte ihm eine Hand entgegen, damit er ihr aufhelfe. Und dann standen sie in diesem riesigen Tempel, dessen Dach die Sterne waren, dem der Mond sein Licht spendete; dicht neben dem düsteren grauen Altar längstvergessener Riten standen sie, hielten sich an den Händen und schauten sich an.

«Ich bitte um Verzeihung», sagte Staffelkapitän Raffleton. «Ich fürchte, ich habe Sie gestört.»

Später erinnert er sich, daß er in seiner Verwirrung englisch gesprochen hat. Sie aber antwortete ihm auf französisch, in einem wunderlichen, altmodischen Französisch, wie man ihm außerhalb der Seiten alter Handschriften wohl kaum mehr begegnet. Er hätte nicht vermocht, es wortwörtlich zu übersetzen. Aber dem Sinne nach bedeutete es in unserer Umgangssprache ungefähr folgendes: «Ach, das macht nichts. Ich bin so froh, daß Sie gekommen sind.»

Woraus er schloß, daß sie ihn erwartet haben mußte. Und er wurde plötzlich unsicher, ob er sich nicht vielleicht entschuldigen sollte, sich ein wenig verspätet zu haben. Zwar fehlte ihm jegliche Erinnerung an irgendeine Verabredung. Aber man darf wohl von Staffelkapitän Raffleton sagen, daß er sich in diesem besonderen Augenblick ohnehin an nichts anderes erinnerte als an sich selbst und dieses erstaunliche Wesen da neben sich. Irgendwo da draußen gab es Mondschein und eine Welt; aber das erschien alles belanglos.

Sie war es, die das Schweigen brach. «Wie sind Sie hierher gekommen?» fragte sie in ihrem wunderlichen Französisch.

Er war noch immer so intensiv damit beschäftigt, sie anzuschauen, daß er gar nicht auf den Gedanken gekommen wäre, sie auf die Rolle zu schieben.

«Ich bin hergeflogen», antwortete er. Worauf sich ihre Augen voller Interesse weiteten, aber ohne daß sie irgendwie mißtrauisch geworden wäre.

«Wo sind Ihre Flügel?» fragte sie, lehnte sich zur Seite und wollte einen Blick auf seinen Rücken werfen.

Raffleton mußte lachen. Diese Neugier auf seinen Rücken schien sie menschenähnlicher zu machen.

«Dort drüben», erklärte er. Sie schaute hin und sah zum ersten Mal die großen schimmernden Flügel, die im Mondlicht wie Silber glänzten. Sie ging darauf zu, und er folgte ihr. Er war nicht einmal übermäßig erstaunt, als er dabei feststellte, daß das Heidekraut unter dem Druck ihrer weißen Füße nicht nachgab.

Sie blieb vor der Maschine stehen und wartete, bis er an ihre Seite trat. Selbst Staffelkapitän Raffleton konnte sich in diesem Moment des Eindrucks nicht erwehren, daß die großen

Flügel leicht bebten – wie die aufgespannten Schwingen eines Vogels, der sich brüstet, bevor er auffliegt.

«Ist es lebendig?» fragte sie.

«Nicht bevor ich ihm etwas zuflüstere», gab Raffleton zur Antwort. Allmählich begann er, die Angst vor ihr zu verlieren. Sie wandte sich ihm zu.

«Wollen wir aufbrechen?» fragte sie.

Er starrte sie an. Es war ihr völlig ernst, das konnte er sehen. Es war alles so vorherbestimmt: Sie hatte ihre Hand in die seine zu legen und mit ihm fortzugehen. Dazu war er hierhergekommen. Ihr war es gleichgültig, woher. Das war seine Angelegenheit. Aber wohin er ging, dorthin ging nun auch sie. So lautete zweifellos das Programm, das ihr vorgegeben war.

Zu Raffletons Ehre sei angemerkt, daß er zumindest einen Widerstandsversuch machte. Gegen all die Mächte der Natur, gegen seine dreiundzwanzig Jahre und das rote pulsierende Blut in seinen Adern, gegen die ihn einhüllenden

Schleier des Mittsommermondlichts und die Stimmen der Sterne, gegen die Dämonen der Poesie und der Romantik und des Mysteriums, die ihm allesamt ihre Zaubermusik in die Ohren sangen, gegen das Wunder und die Herrlichkeit, wie sie da vor ihm stand, gekleidet in den Purpur der Nacht – gegen all das kämpfte Staffelkapitän Raffleton den guten Kampf für den gesunden Menschenverstand.

Jugendliche Personen weiblichen Geschlechts, die sich, notdürftig bekleidet, fünf Meilen von der nächsten menschlichen Behausung entfernt in der Heide zum Schlafen niederlegen, sind von wohlerzogenen Offizieren der Luftwaffe Ihrer Majestät zu meiden. Der Umstand, daß sie außerdem noch unheimlich schön und bezaubernd sind, sollte dem genannten Personenkreis zusätzlich zur Warnung dienen. Sicher hatte das Mädchen Streit mit seiner Mutter gehabt und wollte ausreißen. Und verantwortlich für die ganze Verwirrung war in erster Linie dieses teuflische Mondlicht zu machen. Kein Wunder, daß Hunde so etwas anbellen!

Eben war es ihm, als könne man von irgendwo her einen bellen hören. Nette, anständige, vernünftige Geschöpfe, Hunde. Bei denen gibt es so eine verdammte Gefühlsduselei nicht. Und daß er sie geküßt hatte? Wenn schon! Schließlich ist man nicht ein Leben lang an jede Frau gebunden, die man einmal geküßt hat. Bestimmt war er nicht der erste gewesen, der sie küßte. Es müßten ja sonst all die Männer der Bretagne blind oder schlapp sein. All diese Unschuld und Natürlichkeit! Das war doch bloß Verstellung! Wenn nicht, so war sie eben verrückt. Das Vernünftigste, was er tun konnte, war, mit einem Lachen und ein paar Scherzworten Abschied zu nehmen, den Motor anzuwerfen und nach England zu fliegen. Zurück ins liebe, alte, diesseitige, fröhliche England, wo ein Frühstück und ein warmes Bad auf ihn warteten.

Es war – man spürt es deutlich – kein fairer Kampf. Die arme, kleine, spießige Vernunft mit ihrer trotzigen Himmelfahrtsnase und ihrem schrillen Gekicher und ihrer angeborenen

Gewöhnlichkeit. Und auf der anderen Seite die Stille der Nacht, die Musik der Jahrtausende und das Hämmern des Herzens.

Berückt vom Zauber ihrer Augen fiel alles von ihm ab, zerfiel zu Staub zu seinen Füßen, zu Staub, den ein flüchtiger Windhauch zu verwehen vermochte, während er selbst hilflos zurückblieb.

«Wer bist du eigentlich?» fragte er sie endlich.

«Ich bin eine Fee und heiße Malvina», war ihre Antwort.

# WIE VETTER CHRISTOPHER IN DIE SACHE HINEINGEZOGEN WURDE

In diesem Augenblick durchzuckte ihn der Gedanke, daß die Landung vielleicht doch nicht so reibungslos vor sich gegangen sei, wie er angenommen hatte – daß er vielleicht kopfüber gelandet und infolgedessen mit den Erfahrungen des Staffelkapitäns Raffleton am Ende sei und nun im Begriffe stände, in eine neue und weniger genau umschriebene Existenz einzutreten. Wenn dem so war, so erwies sich zumindest der Anfang für einen abenteuerlustigen jungen Neugeist vielversprechend.

Malvinas Stimme holte ihn aus diesem Gedankengang zurück. «Wollen wir aufbrechen?» wiederholte sie, und diesmal klang ihre Stimme eher nach einem Befehl als nach einer Frage.

«Warum nicht?» fragte er kleinlaut zurück. Was immer geschehen war, auf welcher Ebene des Daseins er auch immer angekommen sein mochte: Die Maschine jedenfalls war ihm dorthin gefolgt. Mit den hundertfach geübten, automatischen Handgriffen warf er den Motor an. Und sogleich brachte ihn das altvertraute Dröhnen der Maschine der Möglichkeit wieder näher, daß er im gebräuchlichen Sinn des Wortes noch immer «am Leben» war. Es war auch eine ganz praktische Fürsorglichkeit, die ihm nahelegte, darauf zu bestehen, daß Malvina sich seinen zweiten Mantel überzog. Da sie eins zweiundsechzig maß und der Mantel für einen Mann von eins zweiundachtzig gedacht war, wäre die Wirkung unter gewöhnlichen Umständen eine komische gewesen. In dieser Situation aber überzeugte der Umstand, daß Malvina in diesem Mantel, dessen Kragen ihr zwanzig Zentimeter über den Kopf ragte, mehr denn je wie eine Fee aussah, Raffleton endlich restlos, daß sie auch tatsächlich eine sein mußte.

Weder sie noch er sagte ein einziges Wort. Es schien dies irgendwie gar nicht nötig zu sein. Er half ihr in den Sitz und wickelte ihr den

Mantel fest um die Füße. Sie reagierte darauf mit dem gleichen Lächeln, mit dem sie zuvor ihre Hand nach ihm ausgestreckt hatte. Es erschien wie der Ausdruck unendlicher Zufriedenheit, so, als wollte sie damit sagen, all ihre Nöte hätten nun ein Ende gefunden. Staffelkapitän Raffleton hoffte zuversichtlich, daß es auch wirklich so sei. Ein flüchtiges Aufblitzen von Verstand ließ ihn allerdings ahnen, daß seine eigenen eben erst anfingen ...

Pilotiert wurde die Maschine nicht von Staffelkapitän Raffleton selbst, sondern von seinem Unterbewußtsein. Es steuerte sie einige Meilen landeinwärts und dann der Küste entlang bis kurz vor das Haager Leuchtfeuer. Raffleton erinnert sich undeutlich, daß er dort irgendwo heruntergegangen sein muß, um zu tanken. Da er auf einen Passagier nicht vorbereitet war, hatte er nämlich vor dem Abflug nur einen karg bemessenen Vorrat an Treibstoff eingefüllt. Ein Umstand, der ihm jetzt nicht einmal ungelegen kam, freute sich Malvina doch herzlich daran. Sie schien außerordentlich interessiert zu sein, jenen Vorgang mitzubekommen, den sie als Fütterung von Drachenrossen aus zwischen den Füßen gelagerten Blechbüchsen identifizierte. Im übrigen aber nahm sie dies, wie alle Einzelheiten des Fluges, als den normalen Lauf der Dinge recht gelassen zur Kenntnis. Das Ungeheuer, solchermaßen erquickt, begann wieder zu galoppieren, stieß vom Boden ab und erhob sich, die gekräuselte See unter sich lassend, wiederum in die Lüfte.

Es ist anzunehmen, daß es Staffelkapitän Raffleton nicht anders erging als uns allen: Das Häßliche und Gewöhnliche lag irgendwo auf der Lauer, um sein Herz auf die Probe zu stellen. Ohnehin wird ja ein großer Teil seiner Lebensjahre angefüllt sein mit kleinlichen Hoffnungen und Ängsten, mit eigennützigen Bemühungen, niedrigen Neigungen und Verdrießlichkeiten. Ebenso sicher aber kann man sein, daß ihm für immer *eine* Erinnerung bleiben wird, stark genug, um sein Leben mit Wundern zu erfüllen: die Erinnerung an diese Nacht, in der er göttergleich die Winde des Himmels ritt, gekrönt mit der Herrlichkeit aller Sehnsüchte der Welt.

Hin und wieder wandte er den Kopf, um sie anzuschauen, und jedesmal antworteten ihm ihre Augen mit jenem merkwürdigen, tiefen Frieden, der sie beide einzuhüllen schien wie das Gewand der Unsterblichkeit. Man verspürt noch einen Abglanz dessen, was er damals empfand, in jenem Ausdruck, der ihm, ihm selbst nicht bewußt, in die Augen tritt, wenn er von dieser bezaubernden Reise spricht, in jenem jähen Verstummen auch, mit dem ihm die alltäglichen Wörter auf den Lippen sterben.

Es hatte schon sein Gutes, daß sein Unterbewußtsein den Steuerknüppel festhielt. Sonst wären vielleicht ein paar zerbrochene Spanten auf den Wellen des Kanals alles, was an einen vielversprechenden jungen Flieger erinnert, der in einer Sommernacht im Juni 1914 geglaubt hat, er könne nach den Sternen greifen.

Auf halbem Wege flammte die Dämmerung am Horizont auf, und wenig später wurde von Ost nach West eine lange, schwache Linie nebelverhangenen Landes erkennbar. Nach und nach hoben sich immer deutlicher Landspitzen und Klippen voneinander ab, tauchten goldfunkelnd aus der See. Kurz danach flogen ihnen die ersten Möwen entgegen. Fast erwartete Raffleton, daß die weißgefiederten Vögel sich in Geister verwandeln würden, um Malvina mit Willkommensrufen zu umkreisen.

Näher und näher kamen sie dem Land, während der Dunst sich allmählich hob und das Mondlicht schwächer wurde. Und unversehens tauchte vor ihnen der geschwungene Bogen des Chesildammes auf, hinter dem, sicher geschützt, die Stadt Weymouth liegt.

Es ist schwer zu entscheiden, woran es lag, daß die Schleier der Nacht plötzlich von Raffleton abfielen: an den merkwürdigen fahrbaren Umkleidekabinen am Strand vielleicht, am Gasometer jenseits der Bahnstation oder an der Fahne über dem Royal Hotel. Jedenfalls klopfte mit einemmal die Alltagswelt an die Tür.

Er schaute auf die Uhr. Kurz vor vier! Dem Stützpunkt hatte er telegraphiert, man solle ihn gegen Morgen erwarten. Jetzt würden sie bereits nach ihm Ausschau halten. Wenn er den jetzigen Kurs beibehielt, würden er und Malvina zur Frühstückszeit eintreffen. Dann würde er sie seinem Vorgesetzten vorstellen müssen: «Gestatten Sie, Oberstleutnant Goodyer, die Fee Malvina.» Entweder das – oder dann mußte er Malvina irgendwo zwischen Weymouth und Farnborough absetzen. Ohne langes Überlegen entschied er, daß letzteres ersterem vorzuziehen sei. Aber wo sollte er sie deponieren? Was sollte er mit ihr machen? Bei Tante Emily etwa? Hatte sie nicht irgendwas von einer französischen Gouvernante für Georgina gesagt? Sicher, Malvinas Französisch war der Form nach veraltet, aber ihr Akzent war entzückend. Und was das Gehalt betraf... Aber da kamen ihm plötzlich Onkel Felix und die drei älteren Jungen in den Sinn – und instinktiv fühlte er, daß Malvina nicht Emilys Vorstellungen entsprach.

Wäre der gute alte Herr noch am Leben gewesen, so hätte Raffletons Vater eine sichere Zuflucht für Malvina bedeutet. Sie hatten sich immer verstanden, sein Vater und er! Und Mutter? Da war er sich seiner Sache ganz und gar nicht mehr sicher. Wenn er sich die Szene nur schon vorstellte: •Das Wohnzimmer in der Chester Terrace. Das sanfte Rascheln beim Eintreten von Mama. Ihre liebevolle, aber zurückhaltende Begrüßung. Und dann das unheilvolle Schweigen, mit dem sie auf die Erklärung für Malvinas Anwesenheit warten würde. Den Umstand, daß sie eine Fee war, würde er besser nicht erwähnen. Angesichts von Mutters goldenem Pince-nez würde er gut auf dieses Detail verzichten können. «Eine junge Dame, die ich zufällig schlafend auf einer Hochebene in der Bretagne traf», würde er sagen. «Und da es eine so schöne Nacht war und ich im Flugzeug gerade noch einen Platz freihatte und sie – das heißt ich – also, hier sind wir nun.» Darauf würde ein peinliches Schweigen folgen, und dann würde die Mutter mit hochgezogenen Augenbrauen etwa folgendes sagen: «Soll das heißen, mein lieber Junge, daß du dieser» – hier würde ein leichtes Zögern erkennbar sein –

«dieser jungen Person da gestattet hast, ihr Zuhause, ihre Angehörigen, ihre Freunde und Verwandten in der Bretagne zu verlassen, um sich dir anzuschließen? Darf ich fragen, in welcher Eigenschaft?»

Denn genau danach sah es ja tatsächlich aus, und nicht nur für seine Mutter! Angenommen, dies würde im Widerspruch zu allen Anzeichen wirklich den Tatsachen entsprechen? Angenommen, es stellte sich heraus, daß sie trotz den überwältigenden Beweisen zu ihren Gunsten – der Nacht, dem Mond, den Sternen und dem Gefühl, das ihn überkommen hatte, als er sie küßte –, es stellte sich heraus, daß sie trotz alledem keine Fee war und die vulgäre Vernunft recht behielte, die da behauptete, sie sei schlicht und einfach eine kleine Range, die von zu Hause fortlief... Würden dann nicht bereits Nachforschungen angestellt? Schließlich bleibt ein Flugzeug mit hundert PS nicht unbemerkt! Gab es da nicht irgend so ein Gesetz, irgendwas über «Verführen» und «Minderjährige»? Aber er hatte doch niemanden verführt. Wenn überhaupt, so war es eher umgekehrt gewesen! Aber würde er ihre Einwilligung überhaupt als Argument zu seiner Verteidigung anführen können? Wie alt war sie überhaupt? Dies war doch die entscheidende Frage. Obwohl er natürlich vermutete, sie sei um die tausend Jahre alt. Möglicherweise noch älter. Aber ansehen konnte man es ihr eben unglückseligerweise nicht. Ein kaltherziger, mißtrauischer Richter würde wahrscheinlich sechzehn für eine akzeptable Schätzung halten. Und ziemlich sicher würde er dieser Geschichte wegen am Ende in Teufels Küche landen. Er warf einen Blick hinter sich. Malvina erwiderte ihn, unentwegt lächelnd und mit einem Ausdruck unendlicher Zufriedenheit. So sah sie ihn immer an, aber diesmal spürte er gewisse deutliche Anzeichen von Erbitterung in sich aufsteigen.

Jetzt überflogen sie Weymouth. Ganz deutlich konnte Raffleton die Reklame am Kino bei der Esplanade lesen: «Wilkins und die Seejungfrau», eine Tragikomödie. Auf einem der Plakate kämmte eine Dame ihr Haar, daneben sah

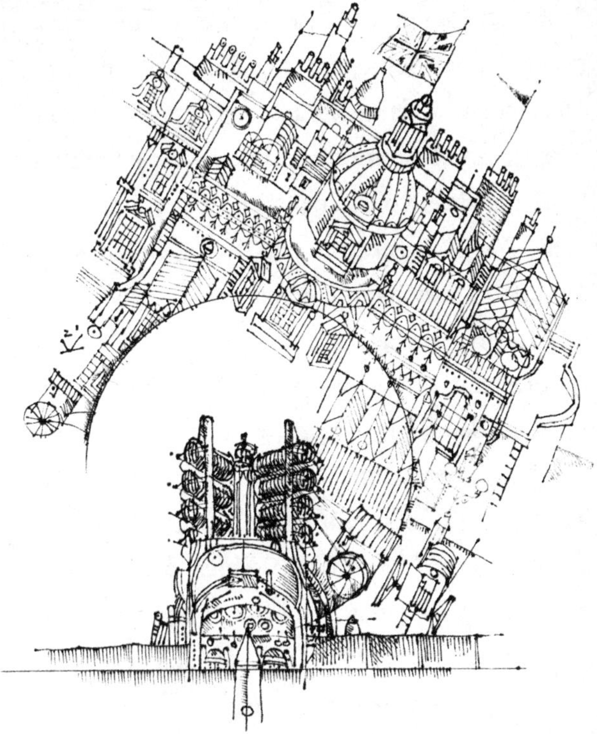

man Wilkins höchstpersönlich, einen untersetzten Herrn in gestreiftem Badeanzug.

Dies war der Moment, wo Raffleton sich plötzlich wünschte, er hätte jenem fast unwiderstehlichen Verlangen nachgegeben, das bei Einbruch der Dämmerung über ihn gekommen war: die Erde von seinen Schwingen abzuschütteln, sie in die Ferne entschwinden zu sehen, sich den Sternen entgegenzuwerfen, um nie wieder zurückzukehren . . .

Da kam ihm ganz plötzlich Vetter Christopher in den Sinn. Der gute alte Vetter Christopher! Achtundfünfzig und Junggeselle. Warum war er ihm bloß nicht schon früher eingefallen? Aus heiterem Himmel erschien Staffelkapitän Raffleton eine Vision: Vetter Christopher, ein rundlicher, rötlicher Engel, angetan mit Panamahut, Pfeffer-und-Salztweed. In der Hand hatte er eine Rettungsweste, die er Raffleton entgegenstreckte. Vetter Christopher, das war nicht zu bezweifeln, würde auf Malvina fliegen wie eine mütterliche Ente auf ein verwaistes Küken. Eine Fee, man bedenke, schlafend gefunden neben einem Menhir in der Bretagne! Seine einzige Sorge würde sein, daß man sie ihm wegnehmen könnte, bevor er einen Aufsatz über sie geschrieben haben würde.

Augenblicklich würde Vetter Christopher nicht in Oxford, sondern in seinem Sommerhaus wohnen. Das traf sich gut. An den Namen des Dorfes konnte Raffleton sich zwar im Moment nicht erinnern, aber der würde ihm schon noch einfallen. Jedenfalls lag der Ort nordwestlich von Newsbury. Raffleton überflog eben den Salisbury-Damm und hielt Kurs auf Magdalen Tower zu. Vetter Christophers Obstgarten grenzte direkt ans freie Feld. Es gab da ein flaches Stück Wiese von etwa einer halben Meile Länge. Vetter Christopher war, so wollte es Staffelkapitän Raffleton scheinen, eigens für diesen Job erschaffen und sorgsam erhalten worden.

Nicht länger war er jetzt der mondsüchtige Jüngling der vergangenen Nacht, dem Phantasie und Einbildung Streiche spielen konnten, soviel sie wollten. Er war wieder Staffelkapitän

Raffleton: ein eifriger und wachsamer junger Fliegeroffizier, der seine fünf Sinne zusammenhielt. Daran muß an dieser Stelle erinnert werden.

Wenn Raffleton meinte, diesen fünf Sinnen nun auch wieder trauen zu können, so hatte er sich allerdings verrechnet. Er war auf einem abgelegenen Küstenstrand nochmals niedergegangen, mußte Malvina ein weiteres Mal stören, um an die Kanister heranzukommen, und erwartete nun im hellen Tageslicht ein ganz normales, hübsches, kindlich aussehendes Mädchen vorzufinden, ein wenig zerzaust vielleicht, mit einer leichten Blautönung um die Nase, wie es nach einem dreistündigen Flug im offenen Cockpit ja nicht anders zu erwarten war. Aber nichts von alledem. Mit bestürzender Plötzlichkeit und Eindringlichkeit kamen die Gefühle zurück, die ihn überkommen hatten, als er sie mit einem Kuß geweckt hatte. Ein paar Schritte vor ihr blieb er stehen und starrte sie mit offenem Mund an. Zwar waren die Nacht und die Stille vorüber, zwar stand sie jetzt wirklich im vollen Sonnenlicht da, in einen Burberry-Mantel gehüllt, der ein halbes Dutzend Nummern zu groß für sie war. Hinter ihr war eine Reihe von Badekarren zu sehen, weiter hinten stand ein Gasometer. Etwa eine Meile entfernt, fuhr lärmend ein Güterzug über eine Weiche.

Aber davon, daß der Zauber nun erloschen sei, konnte keine Rede sein. Noch immer umgab sie etwas, was unbeschreiblich, aber ganz greifbar war – etwas, aus dem heraus sie Raffleton wie ein Wesen aus einer anderen Welt ansah.

Er nahm ihre Hand, und sie sprang leichtfüßig auf den Boden herab. Sie war überhaupt nicht zerzaust. Es machte den Anschein, als sei die Luft ihr wahres Element. Interessiert, aber nicht neugierig schaute sie sich um. Ihr erster Gedanke galt der Maschine:

«Armes Ding», sagte sie, «es muß müde sein.»

Auch die seltsame Furcht, die ihn gepackt hatte, als er im Schatten des Menhir ihre Augen geöffnet hatte, kehrte zurück. Es war kein unangenehmes Gefühl, es fügte im Gegenteil ihrer Beziehung etwas Pikantes hinzu. Aber vorhanden war es unzweifelhaft. Malvina sah zu, wie er das Ungeheuer fütterte. Als er fertig war, kam er zu ihr zurück und stand neben ihr auf dem gelben Sand. Und eigentlich war er nicht einmal besonders erstaunt, als er bemerkte, daß die Sonne nur einen Schatten auf den Boden warf – seinen eigenen.

«England!» erklärte er mit einer weit ausholenden Handbewegung. So, als wollte er auf ein persönliches Besitztum hinweisen. Anmutig sprach sie den Namen nach. Wie er so von ihren Lippen kam, beschwor er irgendwie ein Land der Wunder und der Romantik.

«Ich habe davon gehört», sagte sie. «Ich glaube, ich werde es mögen.»

Er hoffe, antwortete er, daß sie das tun werde. Wobei er die Situation überhaupt nicht komisch fand. Es war ihm alles tödlicher Ernst. Obwohl er im allgemeinen nicht für humorlos galt: in diesem Augenblick muß ihm der Humor völlig abhanden gekommen sein. Anschließend brachte er ihr bei, daß sie nun in die Obhut eines weisen und gelehrten Mannes namens Vetter Christopher gegeben werde – wobei dessen Beschreibung so ungefähr auf den Typus «gütiger Zauberer» zutreffen mochte. Er selbst, fuhr Raffleton fort, müsse für kurze Zeit verreisen, er werde aber zu ihr zurückkehren.

Einzelheiten dieser Art schienen Malvina wenig zu interessieren. Ganz offensichtlich war sie davon überzeugt, daß er für sie bestimmt sei. Ob als Herr oder Diener war weniger leicht festzustellen: am ehesten noch in einer Mischung von beidem, mit Betonung auf letzterem. Er erwähnte noch einmal, daß er nicht länger fortbleiben werde, als unbedingt nötig. Wobei es einer solchen Wiederholung gar nicht bedurft hätte: Malvina zweifelte nicht im geringsten daran, daß er zurückkehren werde.

Weymouth mit seinen fahrbaren Badehäuschen und seinem Gasometer blieb hinter ihnen zurück. König Rufus war auf der Jagd, als sie den New Forest überflogen, und als sie auf die Salisbury-Ebene hinunterblicken konnten, winkten ihnen lachende Elfen zu. Später hörten sie einen Amboß dröhnen – ein deutliches Zeichen, daß sie sich ganz in der Nähe jener Höhle befinden mußten, wo Wieland der Schmied sein Tagewerk betrieb. Und so flogen sie aufs angenehmste und ohne jeglichen Mißklang bis direkt vor Vetter Christophers Gartenpforte.

Als die Maschine ausgerollt war und der Motor zu tuckern aufgehört hatte, trat eine tiefe Stille ein. Von irgendwoher auf der Heide hörte man zwar einen Hirten auf der Flöte blasen, und im Tal sah man einen Bauern die Pferde einspannen. Das Dorf aber war durch einen Hügelzug den Blicken entzogen, und sonst war weit und breit niemand zu sehen.

Staffelkapitän Raffleton half Malvina aus dem Flugzeug steigen und hieß sie, sich auf einem gestürzten Ast unter einem Walnußbaum niederzulassen. Dann ging er vorsichtig auf Vetter Christophers Haus zu. Im Garten stieß er auf Christophers kleines Dienstmädchen. Sie war aus dem Haus gelaufen, als sie den Flugzeuglärm hörte, und starrte noch immer mit offenem Mund in den Himmel hinauf. Raffleton bemerkte sie erst, als dieser ihr die Hand auf die Schulter legte, und dann war sie glücklicherweise zu verängstigt, um zu schreien. Raffleton gab ihr hastig seine Anweisungen: Sie solle an die Tür des Professors klopfen und ihm sagen, sein Vetter, Staffelkapitän Raffleton, sei da. Er bitte ihn, sofort und alleine in den Obstgarten zu kommen. Staffelkapitän Raffleton ziehe es vor, das Haus nicht zu betreten. Es sei besser, der Professor würde herunterkommen und mit ihm im Obstgarten sprechen.

Sie eilte ins Haus zurück und sagte sich dabei alles mehrfach vor. Der Schrecken war ihrer Stimme deutlich anzumerken.

«Guter Gott», sagte Vetter Christopher unter dem Bettzeug hervor. «Er ist doch wohl nicht etwa verletzt?»

Das kleine Dienstmädchen glaubte das nicht. Jedenfalls habe er nicht so ausgesehen, meldete es durch den Türspalt. Ob der Professor die Güte habe, sofort zu kommen? Staffelkapitän Raffleton erwarte ihn – im Obstgarten.

Also rannte Vetter Christopher wie er war – in Pantoffeln, ohne Socken, in einem senffarbenen Schlafrock und mit einem schwarzen Käppchen auf dem Kopf, so ganz das wahre Abbild eines gütigen Zauberers – die Treppe hinunter und durch den Garten. Dabei murmelte er etwas von «diese leichtsinnigen jungen Männer» und «gewußt, daß das mal passieren würde» vor sich hin. Dann war er aber doch erleichtert, als er den jungen Arthur Raffleton auf sich zukommen sah, offenbar ganz unbeschadet an allen Gliedern. Worauf er sich zu fragen anfing, in wes Teufels Namen man ihn denn morgens um sechs aus dem Bett getrommelt hatte, wenn doch alles in Ordnung war. Aber nein, irgend etwas war da nicht in Ordnung. Bevor er zu sprechen begann, blickte Arthur Raffleton sich auf eine Art und Weise vorsichtig um, die an ein Geheimnis, wenn nicht gar an ein Verbrechen denken ließ. Und noch bevor er überhaupt ein Wort sagte, nahm er Vetter Christopher am Arm und führte ihn zum hinteren Teil des Obstgartens. Dort, auf einem herabgestürzten

Ast unter dem Walnußbaum, sah Vetter Christopher einen Khakimantel ohne Inhalt sitzen. Als sie näher kamen, erhob er sich . . .

Aber er erhob sich nicht sehr weit. Der Mantel kehrte ihnen den Rücken zu. Der Kragen zeichnete sich gegen den Himmel ab. Aber ein Kopf war keiner da. Als er aufrecht stand, drehte er sich um, und aus seinen Falten sah Vetter Christopher ein Kindergesicht herausgucken. Doch als er genauer hinsah, war es doch wieder kein Kind. Und dann war er sich gar nicht mehr sicher, was es war. So daß er steif davor stehenblieb und mit runden, geweiteten Augen abwechslungsweise auf die seltsame Erscheinung und auf Staffelkapitän Raffleton starrte.

Staffelkapitän Raffleton wandte sich zuerst an Malvina. «Dies», sagte er, «ist Professor Littlecherry, mein Vetter Christopher, von dem ich dir erzählt habe.»

Es war nicht zu verkennen, daß Malvina den Professor als einen Mann von Bedeutung ansah. Offensichtlich war es ihre Absicht, einen

Knicks zu machen; ein Vorhaben, das sich angesichts der sie umklammernden Khakifülle nicht nur als schwierig, sondern – so durchfuhr es den Professor – sogar als gefährlich hätte erweisen können.

«Erlauben Sie», sagte der Professor galant.

Seine Absicht war, Malvina aus Staffelkapitän Raffletons Mantel herauszuhelfen, und Malvina war offensichtlich gewillt, ihn dabei zu unterstützen. Staffelführer Raffleton konnte gerade noch rechtzeitig eingreifen.

«Besser nicht», sagte er, «ich glaube, das überlassen wir besser Mrs. Muldoon.»

Der Professor ließ den Mantel los, worüber Malvina eine Spur enttäuscht schien. Man darf vermuten, daß sie zu Recht annahm, ohne dieses Kleidungsstück einen besseren Eindruck zu machen. Doch die Art und Weise, wie sie alle zu ihrem Wohlergehen getroffenen Anordnungen lächelnd hinnahm, muß einer ihrer Liebreize gewesen sein.

«Vielleicht», schlug Staffelkapitän Raffleton, während er ein paar der wesentlichsten Knöpfe wieder zumachte, vor, «macht es dir nichts aus, Vetter Christopher selbst zu erklären, wer und was du bist – du wirst es viel besser können als ich.» (Was Staffelkapitän Raffleton sich selbst sagte, war: «Wenn ich das dem guten alten Johnny erzähle, denkt er, ich wolle ihn aufziehen. So, wie sie es vorbringt, wird es sich ganz anders anhören.»)

«Es ist dir doch nicht unangenehm?»

Malvina hatte nichts dagegen einzuwenden. Sie brachte jetzt endlich ihren Knicks zustande – es sah aus, als ob der Mantel knickste: sehr anmutig und mit einer Würde, die man dem Kleidungsstück nicht zugetraut hätte.

«Ich bin die Fee Malvina», erklärte sie dem Professor. «Vielleicht haben Sie schon von mir gehört. Ich war die Lieblingsdame Harbundias, der Königin der Weißen Damen von Brittannien. Aber das ist lange her.»

Der gütige Zauberer starrte sie mit einem Paar runder Augen an, die, trotz höchster Verwunderung, freundlich und verständnisvoll blickten. Sie ermutigten Malvina, mit ihrer

Beichte fortzufahren und ihre kurze, traurige Geschichte zu Ende zu erzählen.

«Das war, als König Heremon über Irland herrschte», fuhr sie fort. «Da tat ich etwas sehr Dummes und Böses und wurde dafür bestraft. Man hat mich aus der Gemeinschaft meiner Gefährtinnen verstoßen. Seither» – der Mantel machte die Andeutung einer rührenden Bewegung – «bin ich allein umhergewandert.»

Dies alles hätte eigentlich völlig unsinnig klingen müssen – zumindest auf englischer Muttererde im Jahre 1914 und in den Ohren eines schmucken jungen Fliegeroffiziers und eines ältlichen Universitätsprofessors aus Oxford.

Langsam erwachte jetzt das Dorf zum Leben. Auf der gegenüberliegenden Straßenseite öffnete das Faktotum des Doktors die Garagentüren; ein lärmiger Milchkarren klapperte, für den Zug nach London bereits etwas zu spät, durch das Dorf; ein schwacher Geruch nach Eiern und Speck wehte durch den Garten und vermischte sich mit dem Duft von Lavendel und Federnelken.

Für Staffelkapitän Raffleton mochte es – diese Geschichte hier ist bis jetzt ein einziger Versuch, dies klarzumachen – eine Entschuldigung geben. Aber der Professor! Er hätte doch in homerisches Gelächter ausbrechen müssen! Oder zumindest hätte er den Kopf schütteln und warnend darauf hinweisen sollen, wo kleine Mädchen mit solchen Einfällen einmal landen werden.

Aber nichts von all dem! Stattdessen schaute er mit Augen, rund wie Teetassen, zu Staffelkapitän Raffleton, dann zu Malvina und von Malvina wieder zurück zu Raffleton.

«Gott schütze mich!» rief er schließlich aus. «Aber das ist ja ganz außerordentlich merkwürdig.»

«Gab es denn wirklich einmal einen König Heremon von Irland?» fragte Staffelführer Raffleton in die Stille hinein. Professor Littlecherry war ja anerkanntermaßen eine Autorität auf diesem Gebiet.

«Natürlich gab es einen König Heremon von Irland», antwortete der Professor ziemlich gereizt – so, als hätte Raffleton daran gezweifelt, daß es Julius Cäsar oder Napoleon gegeben habe. «Und auch eine Königin Harbundia hat es natürlich gegeben. Was über Malvina berichtet wird, steht immer mit ihr im Zusammenhang.»

«Was hat Malvina eigentlich getan, wofür sie so hart bestraft werden musste?»

Die beiden Männer ereiferten sich so sehr, daß sie die Anwesenheit der Fee völlig vergaßen.

«Ich kann mich im Moment nicht daran erinnern», bekannte der Professor. «Es hat, wenn ich mich recht entsinne, irgend etwas mit der Tochter von König Dancrat zu tun. Das ist der Begründer der normannischen Dynastie. Ein Vorfahre von Wilhelm dem Eroberer und der ganzen Gesellschaft. Du lieber Gott!»

«Könntest du sie eine Weile bei dir behalten?» fragte Staffelkapitän Raffleton unvermittelt. «Ich bin für eine dringende Aufgabe nach Farnborough befohlen worden. Ich wäre dir schrecklich dankbar, wenn du sie bei dir aufnehmen könntest, bis sich das erledigt hat.»

Es ist schwer zu sagen, wie die Antwort des Professors gelautet hätte, wenn es ihm möglich gewesen wäre, seine ganzen Verstandeskräfte dafür nutzbar zu machen.

Natürlich war er an der Sache interessiert, ja, er war, wenn man will, gewissermaßen erregt. Waren doch Volkssagen, Legenden, ja die ganze Tradition lebenslang seine Steckenpferde gewesen.

Aber von all dem einmal abgesehen: Hier fand er doch endlich einmal einen gleichgesinnten Geist. Schien ein, zwei Sachen zu wissen. Woher bezog sie ihre Informationen? Könnten sie nicht aus Quellen stammen, die dem Professor noch unbekannt waren?

Aber sie hierbehalten! Sie in seinem einzigen freien Schlafzimmer unterbringen! Sie in die Gesellschaft eines englischen Dorfes einführen! Als was überhaupt würde er sie den Leuten vorstellen können? Den neuen Bewohnern des Herrenhauses? Dem frischgewählten Unterhausabgeordneten und seiner unschuldigen jungen Frau, die das Vikarshaus für den Sommer gemietet hatten? Und erst den Calthorpes oder Mr. Dawson von der Königlichen Kunstakademie?

Falls er zu denken sich die Mühe genommen hätte, würde er bestimmt eine französische Familie gefunden haben, wo er das Mädchen in allem Anstand hätte einmieten können. Er kannte da zum Beispiel einen Mann in Oxford, einen Kunstschreiner, mit dem er seit Jahren in Kontakt stand. Auch seine Frau war eine äußerst ehrenwerte Person. Er hätte ja von Zeit zu Zeit hinüberfahren können, das Notizheft in der Tasche, um sie auszufragen.

Sich selbst überlassen, hätte sich Professor Littlecherry vielleicht wie ein geistig gesunder, vernünftiger Bürger aufgeführt – vielleicht auch nicht. Es gibt nämlich Gerüchte, die eher auf letzteres hinweisen. Die Sache ist nicht eindeutig zu klären. Was aber diesen besonderen Vorfall in seinem Lebenslauf betrifft, so ist er auf jeden Fall freizusprechen. Die Entscheidung wurde ihm nämlich gewissermaßen aus den Händen genommen.

Für Malvina, die den Staffelkapitän Raffleton als ein Geschenk der Götter betrachtete, waren die Dinge klar geregelt, seit dieser ihr bei der ersten Landung auf englischem Boden seinen Entschluß mitgeteilt hatte, sie vorübergehend der Obhut des weisen und gelehrten Christopher anzuvertrauen. Dieser kluge Mann wußte natürlich von ihrer Ankunft. Aller Wahrscheinlichkeit nach war sogar er es, der – im Auftrag der Götter, versteht sich – den ganzen Ablauf der Ereignisse organisiert hatte. Jetzt galt es eigentlich bloß noch, ihm ihre Dankbarkeit zu beweisen. Darum wartete sie die Antwort des Professors gar nicht erst ab. Sie kniete – wobei der Mantel sie einerseits zwar etwas behinderte, andererseits aber eine rührende Note ins Spiel brachte – vor dem Professor nieder, erfaßte die Hand des weisen und gelehrten Mannes und küßte sie. Dabei sagte sie in diesem seltsamen Französisch, das ihr ganz selbstverständlich und geläufig war, während der Professor es durch intensives Studium von Froissarts Chroniken sich mühsam hatte erarbeiten müssen:

«Ich danke für Eure edle Höflichkeit und Gastfreundschaft.»

Auf geheimnisvolle Weise war die ganze Angelegenheit plötzlich erfüllt von der Weihe und der Erhabenheit, wie sie historischen Ereignissen anhaftet. Den Professor überkam jäh und unvermittelt ein Gefühl, von dem er nicht wieder loskommen sollte, solange Malvina bei ihm blieb: daß er eine große und mächtige Persönlichkeit sei. Und nun war eine Herrscherin, eine Kollegin also gewissermaßen, gütigst geneigt, sich seiner Gastfreundschaft zu bedienen. Zufälligerweise war sie – obwohl solche Einzelheiten natürlich in der hohen Politik ohne Belang sind – auch noch gerade das schönste Wesen, dem der gute Professor in seinem langen Leben je begegnet war.

Mit einer Verbeugung, wie er sie am Hofe König Renés hätte erlernt haben können, gab Professor Littlecherry seiner Freude über die ihm erwiesene Ehre Ausdruck. Was blieb einem selbstbewußten Potentaten denn anderes übrig? Jedenfalls: die Würfel waren gefallen.

Staffelkapitän Raffleton scheint gar nicht erst den Versuch unternommen zu haben, Malvina wieder zum Aufstehen zu bewegen. Im Gegenteil. Anscheinend benutzte er genau diesen Augenblick, um dem Professor zu erklären, wie unabdingbar notwendig es sei, daß er, ohne eine weitere Minute zu verlieren, sofort nach Farnborough aufbreche. Nicht ohne hinzuzufügen, er werde bei erster sich bietender Gelegenheit nachschauen kommen, «wie es euch beiden geht.» Im übrigen sei er überzeugt, Professor Littlecherry werde Malvina, wenn sie langsam spreche, leicht verstehen können.

Es fiel dem Professor gerade noch ein, Raffleton zu fragen, wo er Malvina gefunden habe – falls er das überhaupt noch wisse. Zudem hätte er gerne gewußt, was er mit ihr vorhabe – falls er selbst zufällig eine Ahnung davon habe.

Staffelkapitän Raffleton wies mit Bedauern auf seine knapp bemessene Zeit hin, bequemte sich dann aber doch kurz zu berichten, was er wußte. Daß er Malvina schlafend neben einem Menhir unweit von Huelgoat in der Bretagne gefunden habe und fürchte, er habe sie geweckt. Ob der Professor sich weiterer Einzelheiten wegen gütigst an Malvina selbst wenden könne? Was ihn persönlich betreffe, so werde er, dessen sei er sicher, dem Professor niemals genug dankbar sein können.

Zum Schluß scheint Staffelkapitän Raffleton, ohne ihm Gelegenheit zu weiteren Fragen zu geben, mit überströmender Herzlichkeit Vetter Christophers Hand geschüttelt zu haben. Worauf er sich Malvina zuwandte.

Sie rührte sich, den Blick fest auf ihn gerichtet, nicht im leisesten. Da ging er langsam auf sie zu. Und wortlos küßte er sie mitten auf den Mund.

«Jetzt hast du mich zum zweiten Mal geküßt», sagte sie, und ein merkwürdiges kleines Lächeln spielte um ihre Lippen. «Beim dritten Mal werde ich eine Frau.»

# WIE DAS GANZE VOR MRS. ARLINGTON GEHEIMGEHALTEN WURDE

Wenn er später darüber nachdachte, kam es Professor Littlecherry selbst höchst sonderbar vor, daß er damals, mit Malvina alleingelassen, trotz der ganzen Umstände weder Verlegenheit noch Ratlosigkeit verspürt hatte. Für sie beide, so schien es, war die Sache ganz einfach, ja amüsant. Sollten doch andere sich aufregen!

Das kleine Dienstmädchen trieb sich im Garten herum. Ganz offensichtlich war es neugierig und wollte einen Blick auf Malvina erhaschen. Endlich war Mrs. Muldoons Stimme zu hören, die es aus der Küche zu sich rief. Da war doch noch dieses Problem mit der Kleidung.

«Haben Sie nichts anderes mitgebracht?» fragte der Professor. «Ich meine, ein Kleid oder so was?»

Malvina lächelte verschmitzt und machte eine unschuldige kleine Gebärde. Womit sie zu verstehen gab, daß alles, was sie war und hatte, vor ihm stand.

«Wir müssen etwas finden für Sie», entschied der Professor, «irgend etwas, in dem Sie sich zeigen können.»

Littlecherry hatte eigentlich «unserer Welt zeigen» sagen wollen, hatte aber gezögert, weil er sich momentan keineswegs völlig sicher war, welcher von beiden er selbst zugehörte: Malvinas oder Mrs. Muldoons Welt. Eine weitere kleine Gebärde bedeutete ihm, daß Malvina sich gänzlich in seiner Hand befand. «Was haben Sie denn eigentlich an?» fragte er. «Ich meine da drunter. Ist es etwas, was wenigstens für ein, zwei Tage ginge?»

Den Mantel auszuziehen hatte ihr Staffelkapitän Raffleton – aus welchen Gründen auch immer – verboten. Von Öffnen aber hatte er nichts gesagt. Also machte Malvina ihn auf und mußte zu ihrer Überraschung erleben, daß Professor Littlecherry sich genau so wie Staffelkapitän Raffleton benahm. Das heißt, er machte den Mantel schleunigst wieder zu und schloß sorgfältig Knopf für Knopf.

Malvina hatte bereits allen Grund zur Befürchtung, daß sie Staffelkapitän Raffletons Mantel für immer und ewig würde mit sich herumtragen müssen.

«Ich frage mich», dachte der Professor laut nach, «ob irgend jemand im Dorf...» Das kleine Dienstmädchen, das im Garten umherhuschte und so tat, als würde es Stachelbeeren pflücken, zog seinen Blick auf sich.

«Wir werden uns von meiner Haushälterin, Mrs. Muldoon, beraten lassen», beschloß der Professor schließlich. «Ich glaube, so werden wir die Sache in den Griff bekommen.»

Littlecherry bot Malvina seinen Arm. Sie kam der Aufforderung sofort nach und raffte mit der freien Hand die Schöße des Offiziersmantels zusammen.

«Es ist am besten», gab der Professor kleinlaut zu verstehen, «wenn wir Mrs. Muldoon sagen, Sie kämen direkt von einem Maskenball.»

Mrs. Muldoon hantierte in der Küche herum, während die beiden ihr Anliegen vorbrachten. Übrigens läßt sich kaum eine noch unglaubwürdigere Geschichte erfinden als die, mit welcher der Professor Malvinas Anwesenheit zu erklären versuchte. Aus lauter Güte und Barmherzigkeit unterbrach Mrs. Muldoon ihn schließlich:

«Ich beabsichtige nicht, Sie auszufragen. Sie haben es also nicht nötig, Ihre unsterbliche Seele in Gefahr zu bringen. Wenn Sie sich jetzt erst mal um Ihr eigenes Aussehen kümmern und das Mädchen mir und Drusilla überlassen wollen, so werden wir sie schon einigermaßen anständig herrichten.»

Die Anspielung auf sein eigenes Aussehen beunruhigte den Professor. Er hatte, als er hastig Schlafrock und Pantoffeln anzog und Socken Socken sein ließ, ja nicht wissen können, daß er sich zur Lieblingshofdame Königin Harbundias begeben würde. Er ordnete an, man solle ihm sofort Rasierwasser hinaufbringen, und zog sich dann in sein Badezimmer zurück.

Während er sich rasierte, klopfte es. Es war Mrs. Muldoon, die ihn zu sprechen wünschte. Aus dem Ton ihrer Stimme hätte man schließen können, daß das Haus in Flammen stehe. Er öffnete die Tür, und Mrs. Muldoon schlüpfte, nicht ohne sich vorher vergewissert zu haben, daß er schicklich bekleidet war, zu ihm hinein.

«Wo haben Sie sie her? Wie ist sie hierher gekommen?» verlangte Mrs. Muldoon zu wissen. Niemals zuvor hatte der Professor seine Haushälterin anders als in der Rolle einer gelassenen, gutmütigen Person erlebt. Jetzt bebte sie am ganzen Körper vor Erregung.

«Das sagte ich Ihnen doch bereits. Der junge Arthur . . .»

«Ich hab Sie nicht gefragt, was Sie mir bereits gesagt hätten», unterbrach ihn Mrs. Muldoon. «Ich frage Sie nach der Wahrheit, falls Sie die überhaupt kennen.»

Der Professor zog einen Stuhl heran, und Mrs. Muldoon sank mit einem Seufzer darauf nieder.

«Was ist los?» fragte er. «Was ist geschehen?»

Mrs. Muldoon schaute sich hilfesuchend um, und ihre Stimme verengte sich zu einem hysterischen Flüstern.

«Das ist keine sterbliche Frau, die Sie da ins Haus gebracht haben. Das ist eine Fee!»

Ob er bis zu diesem Augenblick Malvinas Geschichte wirklich geglaubt hat, oder ob er in den Tiefen seines Unterbewußtseins überzeugt war, daß das Ganze völlig absurd sei, weiß der Professor heute selbst nicht mehr zu sagen. Er hatte einerseits Oxford vor sich – politische Ökonomie, die hohe Schule der Kritik, Aufgang und Blüte des Rationalismus. Hinter sich andererseits wußte er, gegen den fernen Horizont der Menschheit entschwindend, jenes andere, wissenschaftlich nicht faßbare Land, in dem er seit vierzig Jahren mit Begeisterung herumwanderte: das von Geistern bewohnte Land der verschütteten Geheimnisse, das Land der verlorenen Pfade, die zu den verbotenen Toren des Wissens führen.

Und dieses diffizile Gleichgewicht zwischen den beiden Bereichen störte nun Mrs. Muldoon ohne jedes Feingefühl.

«Woher wissen Sie das?» fragte er sie, nun ebenfalls leicht gereizt.

«Glauben Sie, ich kenne das Zeichen nicht? Ist nicht meiner eigenen Schwester Kind am Tage der Geburt gestohlen worden und an seine Stelle . . .»

Das kleine Dienstmädchen pochte an die Tür.

Mademoiselle sei fertig. Was jetzt mir ihr zu geschehen habe.

«Fragen Sie bloß nicht mich», wehrte sich Mrs. Muldoon mit ihrer schrecklichen Flüsterstimme. «Ich sage überhaupt nichts mehr. Mögen alle Heiligen des Himmels auf die Knie fallen und mich darum anflehen: ich lange das Mädchen nicht mehr an!»

Mit Vernunftgründen war bei Mrs. Muldoon nichts mehr zu machen. Der Professor spürte das. Hinzu kam, daß er gar keine zur Hand hatte. So ordnete er denn durch die geschlossene

Türe hindurch an, Mademoiselle sei ins Speisezimmer zu führen. Dann wartete er, bis Drusillas Schritte verklangen.

«Haben Sie je von den Weißen Damen gehört?» flüsterte er dann Mrs. Muldoon zu.

Es gab wohl kaum etwas im Feenbereich, von dem Mrs. Muldoon nicht schon gehört und woran sie nicht auch geglaubt hätte. Aber war denn der Professor seiner Sache wirklich ganz sicher?

Professor Littlecherry gab Mrs. Muldoon sein Wort als Ehrenmann.

Die Weißen Damen gehörten, was Mrs. Muldoon natürlich wußte, zur Gattung der guten Feen. Somit war, vorausgesetzt, daß niemand sie kränkte, überhaupt nichts von ihr zu befürchten.

«Also, wenn es nichts weiter ist: Ich werde ihr bestimmt nicht in die Quere kommen», sagte Mrs. Muldoon.

«Sie wird nicht lange bleiben», fügte Littlecherry hinzu. «Wir wollen einfach nett zu ihr sein.»

«Sie hat ein liebes Gesicht», gab Mrs. Muldoon zu, «und ein friedliches, angenehmes Wesen.» Die Lebensgeister der guten Person kamen langsam wieder zurück. Vielleicht lohnte es sich gar, die Gunst einer Weißen Dame zu gewinnen?

«Wir müssen sie uns freundlich stimmen», drängte der Professor, die Gelegenheit beim Schopf ergreifend.

«Und denken Sie daran», flüsterte er, als er Mrs. Muldoon die Türe öffnete, «kein Wort darüber. Sie will nicht, daß es bekannt wird!»

Es besteht kein Zweifel daran, daß Mrs. Muldoon beim Verlassen des Badezimmers fest entschlossen war, nicht den Schatten eines Verdachtes im Dorf aufkommen zu lassen, wenn irgend sie es verhindern konnte.

Niemand durfte erfahren, daß Malvina etwas anderes war, als es, wenn sie in Drusillas Sonntagskleid im Dorf erscheinen würde, den Anschein machte. Es war ein nettes kleines Kleid von sommerlichem Charakter, mit kurzen Ärmeln und einem losen Halsausschnitt. Und es paßte Malvina in jeder Hinsicht besser als die teuerste Maßarbeit. Mit den Stiefeln hatte man weniger Glück. Malvina löste das Problem, indem sie sie samt den Strümpfen zurückließ, wenn sie ausging. Daß sie wußte, wie unschicklich das war, beweist die Tatsache, daß sie ständig bemüht war, sie zu verstecken. Die Stiefel wurden denn auch an den unwahrscheinlichsten Orten entdeckt: hinter den Büchern im Arbeitsraum des Professors oder in einer leeren Teebüchse in Mrs. Muldoons Vorratskammer. Die Büchse wurde übrigens samt Inhalt kommentarlos auf den Tisch des Professors gestellt. Nach Hause zurückgekehrt, sah sich Malvina mit einem Paar strenger, unerbittlicher Stiefel konfrontiert. Worauf sich die Winkel des Feenmundes zum Zeichen von Reue und Zerknirschung senkten ...

Wäre der Professor festgeblieben, so hätte sie bestimmt klein beigegeben. Aber er konnte seine Augen nicht daran hindern, von den schwarzen, anklagenden Stiefeln zu den schuldigen weißen Füßen zu wandern. Ebensowenig konnte er sein Herz daran hindern, zum Verteidiger der Angeklagten zu werden. «Ich muß ihr nächstes Mal in Oxford ein Paar Sandalen kaufen», dachte er, «jedenfalls irgend etwas Zierliches, etwas Feineres als diese grimmigen, unversöhnlichen Stiefel hier.»

Übrigens kam es nur ganz selten vor, daß Malvina sich weiter entfernte als bis zum Obstgarten. Jedenfalls nicht tagsüber, will sagen: während jener Tageszeit, in der das Dorf auf den Beinen war. Denn Malvina scheint entschieden eine Frühaufsteherin gewesen zu sein. Irgendwann mitten in der Nacht – jedenfalls würde eine christliche Seele diese Stunde so bezeichnet haben – hörte Mrs. Muldoon, die in jener Zeit ihre Nächte in äußerst nervöser Spannung zubrachte, wie eine Tür geöffnet wurde. Sie hob eine Ecke der Jalousie etwas an und erhaschte, bevor er in der Morgendämmerung aufging, gerade noch einen hellen Schimmer von wehenden Gewändern. Auch vernahm sie vom Hochland her ein ihr unbekanntes Lied, das sich, leiser und leiser werdend, mit Vogelstimmen vermischte, die darauf zu antworten schienen.

Es war auf eben diesem Hochland, zwischen Dämmerung und Sonnenaufgang, daß Malvina die Bekanntschaft der Arlington-Zwillinge machte.

Natürlich hätten sie um diese Zeit im Bett sein sollen – was übrigens für alle drei zutrifft. Bei den Zwillingen hatte Onkel George dafür gesorgt. Er hatte ihnen alles mögliche über das Gespenst von Uffington und die Höhle von Wieland dem Schmied erzählt und ihnen zum Geburtstag das «Puck» geschenkt – sie bekamen alle ihre Geburtstagsgeschenke gemeinsam, weil sie sonst keine Freude daran gehabt hätten. Um zehn Uhr hatten sie sich in ihre Schlafzimmer zurückgezogen und waren dann abwechselnd wachgelegen.

Sobald es zu dämmern begann, weckte Victoria, die an ihrem Fenster gewartet hatte, ihren Bruder wie verabredet. Victor war für Aufgeben und wollte weiterschlafen. Victoria aber erinnerte ihn an den «Schwur», und so zogen sie sich schnell notdürftig an und ließen sich am Efeu in den Garten hinunter.

Malvina begegneten sie an der Stelle, die «Schimmelschweif» heißt. Daß sie eine Fee war, wußten sie, sowie sie ihrer ansichtig wurden. Aber sie fürchteten sich nicht, jedenfalls nicht sehr.

Es war Victor, der zuerst sprach. Während er seine Mütze abnahm und ein Knie vor ihr beugte, wünschte er ihr einen guten Morgen und erkundigte sich nach ihrem Befinden. Malvina, offensichtlich erfreut, die beiden kennenzulernen, erwiderte den Gruß.

Von da an nahm Victoria die Sache in die Hand, was mit ihren besseren Sprachkenntnissen zusammenhing. Die Arlington-Zwillinge hatten nämlich, bis sie neun waren, gemeinsam ein französisches Kindermädchen gehabt. Dann war Victor ins Internat gekommen und hatte sein Französisch bald einmal wieder vergessen, während Victoria, die zu Hause geblieben war, ihre Konversation mit «Mademoiselle» hatte fortsetzen können.

«Oh!» sagte Victoria denn also in fließendem Französisch, «dann müssen Sie eine französische Fee sein!»

Nun hatte der Professor Malvina zwar eingeschärft, daß sie aus Gründen, die zu erwähnen er für überflüssig hielt – jedenfalls hatte er sie ihr nicht erklärt –, nie sagen dürfe, daß sie eine Fee sei. Daß sie dies aber auch leugnen müsse, hatte er jedoch nicht gesagt. Wie sollte sie es auch leugnen? Das Äußerste, was man von ihr erwarten durfte, war, daß sie sich über diesen Punkt ausschwieg. Also gab sie Victoria zur Antwort, sie heiße Malvina und sei mit «Sir Arthur» aus Brittannien herübergeflogen. Sie habe oft von England gehört und sich schon immer gewünscht, dieses Land kennenzulernen, fügte sie hinzu.

«Und wie gefällt es ihnen nun?» fragte Victoria.

Malvina gestand, daß sie nichts weniger als begeistert sei. Nirgendwo anders seien ihr so viele Vögel zu Gesicht gekommen. Sie machte mit der Hand ein Zeichen, und alle drei lauschten schweigend. Der Himmel war dunkel vor lauter

Vögeln, und die Luft war erfüllt von ihrem Gezwitscher. Die Zwillinge waren überzeugt, daß es Millionen waren. Meile für Meile mußten sie hergeflogen sein, um für Malvina zu singen.

Aber nicht nur der Vögel, auch der Menschen wegen sei sie für England begeistert, bekannte Malvina weiter. Sie seien so gut und freundlich und rundlich ... Zurzeit wohne sie bei dem weisen und gelehrten Christopher – oder stehe, wie sie sich ausdrückte, zumindest «unter seinem Schutz». Sein Wohnsitz sei von dort aus, wo sie ständen, gut zu sehen. Wirklich: durch die Baumwipfel konnte man die Schornsteine von Christophers Haus schimmern sehen. Die Zwillinge tauschten einen bedeutsamen Blick. Hatten sie den Professor nicht die ganze Zeit über im Verdacht gehabt? Sein schwarzes Käppchen, die riesige Hakennase, die vergilbten, wurmstichigen Bücher, über denen er stundenlang mit seiner eulenhaften, goldgerandeten Brille brütete – wer hätte jetzt noch daran zweifeln mögen, daß es wirklich Zauberbücher waren?

Victor konnte sich langsam wieder an sein Französisch erinnern. Er war neugierig zu erfahren, ob Malvina jemals Sir Lanzelot begegnet sei und vielleicht sogar mit ihm gesprochen habe.

Über Malvinas Stirn wanderte ein leichter Schatten. Ja, natürlich hatte sie alle gekannt: König Uthur, Igraine, Sir Ulfias von den Inseln. Sie hatte mit ihnen geplaudert, war mit ihnen in Frankreichs schönen Landen herumspaziert. (Eigentlich hätte ja England der Schauplatz sein müssen. Aber Malvina schüttelte den Kopf. Offenbar war man schon damals sehr reisefreudig.) Sie selbst war es gewesen, die Tristan vor den Nachstellungen des heimtückischen Elfen Morgan bewahrt hatte. «Obgleich das», erklärte Malvina, «natürlich nie bekannt geworden ist.»

Die Zwillinge hätten gerne erfahren, warum das so «natürlich» war, wollten Malvina aber nicht schon wieder unterbrechen. Sie erzählte noch von anderen Persönlichkeiten davor und danach. Von den meisten von ihnen hatten die

Zwillinge nie etwas gehört – bis sie dann zu Karl dem Großen kam, aber von da an schien Malvinas Erinnerungsvermögen rapide abzunehmen.

Jedenfalls: all die Genannten waren Malvina gegenüber höflich gewesen, einige von ihnen wirklich ganz reizend. Aber ...

Man darf annehmen, daß es für Malvina dennoch nur Bekanntschaften von der Art waren, mit denen man sich die Zeit vertreibt, während man auf etwas wartet – und sich danach sehnt.

«Aber Sir Lanzelot mochten Sie doch wirklich?» drängte Victor.

Er wünschte sich, daß Malvina für Lanzelot schwärme, glaubte er doch, daß es zwischen dem allzufrüh verschiedenen Ritter und ihm selbst gewisse Gemeinsamkeiten gebe. Diese Geschichte mit Sir Bedivere! Genau so würde auch er selbst sich verhalten haben!

Ach ja! Freilich hatte sie ihn «gemocht». War er doch immer so – so «vortrefflich» gewesen.

«Aber er war nicht – keiner von all diesen gehörte zu meinen eigenen Leuten, zu meinen eigenen lieben Gefährten.» Auf Malvinas Stirne wurde die kleine Wolke wieder sichtbar.

Es war Bruno, der die drei schließlich wieder in die Gegenwart zurückholte. Polley, der die Kühe besorgte, ließ ihn, wie es seine allmorgendliche Pflicht war, als ersten heraus. Hechelnd und atemlos kam er angerannt. Ganz offensichtlich war er gekränkt, daß man ihn nicht in dieses morgendliche Unternehmen einbezogen hatte. Wie leicht hätte er, wäre er nicht der versöhnlichste aller schwarz-braunen schottischen Schäferhunde gewesen, die beiden Kinder verraten können! Während der letzten halben Stunde war er halbverrückt gewesen vor Angst, die beiden hätten die Zeit vergessen. «Wißt ihr denn nicht», hatte er sich zu sagen vorgenommen, «daß es gleich sechs ist? Daß Jane in einer knappen halben Stunde an eure Türe klopfen wird, um euch heiße Milch zu bringen, die sie wahrscheinlich mit einem Schrei fallen läßt, wenn sie sieht, daß eure Betten leer sind und das Fenster offensteht?» Als der Hund aber Malvinas Geruch in die Nase bekam, schwand ihm seine Sprechfähigkeit vollkommen. Er schaute sie einmal groß an, ließ sich dann platt auf den Boden fallen und kroch winselnd und schwanzwedelnd auf sie zu. Malvina nahm diese Huldigung lachend entgegen und streichelte seinen Kopf mit dem Fuß, was ihn in den siebten Himmel der Glückseligkeit zu versetzen schien.

Zu viert liefen sie dann den Hügel hinunter und trennten sich am hinteren Gartentor. Zuvor jedoch gaben die Zwillinge höflich, aber aufrichtig der Hoffnung Ausdruck, Malvina wiedersehen zu dürfen. Worauf diese, von Zweifeln über ihr Verhalten befallen, ausweichend antwortete. Zehn Minuten später bereits lag sie – wovon sich Mrs. Muldoon auf dem Weg in die Küche selbst überzeugen konnte – friedlich schlafend da, das Köpfchen auf den schlanken weißen Arm gebettet. Auch die Zwillinge, die eine unverschlossene Seitentür entdeckt hatten und unbemerkt ins Haus und dann ins Bett geschlüpft waren, schliefen, als sei nichts geschehen.

Um Viertel nach neun kam Mrs. Arlington höchstpersönlich, um sie zu wecken. Sie war kurz angebunden mit den beiden, und sie hatte offenbar zuvor geweint. Frühstück gab es in der Küche.

Beim Mittagessen wurde kaum ein Wort geredet. Pudding gab es keinen. Mr. Arlington, ein stämmiger, rotbackiger Mann, hatte für so etwas ohnehin keine Zeit. Mochten die anderen noch sitzenbleiben und in aller Ruhe Pudding essen – für Mr. Arlington kam das nicht in Frage. Irgend jemand mußte sich ja schließlich um die Dinge kümmern, wenn man nicht alles verkommen lassen wollte. Solange man sich nicht darauf verlassen konnte, daß andere Leute ihre Pflicht erfüllten, solange alles innerhalb und außerhalb des Hauses dem einen Paar Schultern aufgebürdet wurde, war es nur folgerichtig, daß der Besitzer dieses einen Paares Schultern nicht die nötige Zeit fand, seine Mahlzeiten anständig zu beenden.

Genau hier habe übrigens, fuhr Mr. Arlington in seinem Monolog fort, der Niedergang der englischen Landwirtschaft seine Wurzeln. «Wenn die Bauersfrauen – von den Söhnen und Töchtern, die alt genug und willens sind, für all die Kosten und die Fürsorge, mit der man sie verschwenderisch bedacht hat, ein Entgelt zu leisten, gar nicht zu reden – die Ärmel hochkrempeln und mit zupacken würden, stände die englische Landwirtschaft in schönster Blüte. Wenn sich aber die Leute um ihren redlichen Anteil an Arbeit und Verantwortung herumdrücken und es einem einzigen Paar Hände überlassen . . .»

Das älteste Arlington-Mädchen war schuld daran, daß Papa den berühmten roten Faden verlor. Ihre Bemerkung, Mr. Arlington hätte in der Zeit, während der er redete, gut zweimal Pudding essen können, war nicht zu überhören gewesen. Was Mr. Arlington hatte sagen wollen, war schlicht folgendes: Er hatte nie Landwirt werden wollen – jedenfalls am Anfang nicht. Außerdem würden andere Männer, die sich wie er in langen Jahren der Selbstaufopferung und der Plackerei ein Auskommen erwirtschaftet hätten, sich schon längst zur wohlverdienten Ruhe zurückgezogen haben. Da er sich nun aber einmal habe überreden lassen, diesen Beruf auf sich zu nehmen, so werde er bis zum bitteren Ende durchhalten, und alle anderen hätten ihren Teil auf sich zu nehmen, oder es würde Ärger geben.

Am selben Abend schüttete Mrs. Arlington vor den Zwillingen ihr Herz aus – teils zu ihrer eigenen Erleichterung, teils zu deren sittlichem Nutzen. Hätte Mrs. Arlington Glück im Unglück und eine weniger nachsichtige Mutter gehabt, so hätte alles gutgehen können. Die Natur hatte sie nämlich mit einem unternehmungslustigen und energischen Temperament ausgestattet. Sie könne nicht eine einzige Minute stillsitzen, hatte ihr Kinderfräulein behauptet, weshalb sie ihr den Übernamen «Zappelfräulein» gegeben hatte. Unglückseligerweise aber hatte man diese Anlage verkümmern lassen, und aller Wahrscheinlichkeit nach bestand keine Hoffnung, sie je wieder zu beleben. Da hatte ihr Vater vollkommen recht.

Als sie noch in Bayswater gewohnt hatte und jeden Tag ins Büro in der Mincing Lane gefahren war, hatte dies nicht so eine große Rolle gespielt. Jetzt aber war dies anders! «Eine Gutsfrau soll um sechs auf den Beinen sein, soll dafür sorgen, daß alle anderen es auch sind. Das Dienstpersonal muß überwacht und instruiert werden, die Kinder müssen durch das Beispiel der Mutter ermuntert werden. Organisation! Das ist hier vonnöten. Der Tag muß geplant, jeder Stunde ihre Aufgabe zugeteilt werden. Dann, statt daß der Morgen schon vorbei ist, bevor man sich einmal um sich selbst gedreht hat; statt daß man das Durcheinander noch vergrößert, weil man das, was man gerade tut, liegen läßt und versucht, sechs andere Dinge auf einmal zu machen, ohne zu wissen, ob man sie schon gemacht hat oder nicht . . .»

Hier scheint Mrs. Arlington in Tränen ausgebrochen zu sein. Allgemein gesagt, war sie eine friedfertige, fröhliche, äußerst liebenswürdige Dame, entzückend für ihre Mitmenschen – immer vorausgesetzt, daß alles, was man von ihr erwartete, eine angenehme Erscheinung und ein sonniges Wesen war. Offenbar mischten die Zwillinge ihre eigenen Tränen mit denen ihrer Mutter. Man kann sich vorstellen, wie das weinerliche Trio, unter Ausschluß der Öffentlichkeit sich selbst überlassen, das Problem mit besorgter Ernsthaftigkeit flüsternd durchgesprochen hat. Jedenfalls brachte der Morgen, nachdem das Ganze nochmals überschlafen war, eine Lösung mit sich. Konkret bedeutete das, daß Mrs. Muldoon, als sie auf ein schüchternes Pochen hin selbst an die Türe ging, am nächsten Abend zwischen Tee und Abendessen auf der Schwelle des Professor-Hauses besagtes Zwillingspärchen vorfand. Sie hielten sich bei der Hand und fragten, ob die Fee zu Hause sei.

# WIE DIE ANGELEGENHEIT MRS. MARIGOLD ZU OHREN KAM

Die sprichwörtliche Feder war nicht nötig. Mrs. Muldoon schnellte nicht in die Luft. Im Gegenteil: völlig entgeistert, wie sie war, mußte sie sich zunächst einmal setzen. Daher wankte sie auf die Bank zu, verfehlte sie aber. Einen Stuhl kriegte sie zwar zu fassen, aber der fiel sogleich um. So war es denn schließlich der Fußboden, der ihr Halt gewährte.

«Oh, das tut uns leid», verteidigte sich Victor. «Wir dachten, Sie wissen Bescheid. Wir hätten besser Mademoiselle Malvina gesagt.»

Mrs. Muldoon kam wieder auf die Füße und ging, ohne zu antworten, schnurstracks ins Arbeitszimmer des Professors.

«Sie wollen wissen, ob die Fee zu Hause ist!» Professor Littlecherry saß, mit dem Rücken zum Fenster, an seinem Arbeitstisch und las in einem Buch. Das Licht im Zimmer war bereits ein wenig dämmrig.

«Wer will das wissen?» fragte er.

«Die Zwillinge vom Herrenhaus», erhielt er zur Antwort.

«Wieso? Wer?» begann der Professor nochmals.

«Soll ich sagen, sie sei nicht zu Hause», schlug Mrs. Muldoon vor, «oder wollen Sie selbst mit ihnen sprechen?»

«Bringen Sie sie her!»

Sie kamen herein, schüchtern und ängstlich und noch immer Hand in Hand. Sie wünschten dem Professor einen guten Abend, wichen aber, als er aufstand, furchtsam vor ihm zurück. Er wollte ihnen die Hand geben, und da sie sich nicht loslassen wollten, gab Victoria ihm die rechte und Victor die linke Hand. Als Littlecherry sie zum Sitzen aufforderte, ließen sie sich auf die äußerste Sofakante nieder.

«Ich hoffe, wir stören nicht», begann Victor. «Wir wollten bloß Mademoiselle Malvina sprechen.»

«Warum wollt ihr denn Mademoiselle Malvina sprechen?» fragte der Professor neugierig.

«Es handelt sich um etwas sehr Persönliches», erklärte Victor.

«Wir wollten sie um einen großen Gefallen bitten», ergänzte Victoria.

«Tut mir leid», sagte der Professor, «aber sie ist nicht da – glaube ich wenigstens!» (So ganz genau wußte er das nämlich nie. «Sie huscht ein und aus, und man hört nicht mehr als das Säuseln eines Rosenblattes im Wind», lautete Mrs. Muldoons Formulierung dafür.)

«Wollt ihr es nicht lieber mir sagen? Ich werde ihr dann Bescheid sagen.»

Die Zwillinge schauten sich an. War es nicht sinnlos, den weisen und gelehrten Christopher zu kränken? Außerdem kann man von einem Zauberer ja ruhig annehmen, daß er mehr als eine Möglichkeit hat, zu erfahren, was die Menschen denken.

«Es handelt sich um Mama», erklärte Victoria, «wir möchten wissen, ob Malvina bereit ist, sie zu verwandeln.»

Natürlich hatte der Professor alle verfügbare Literatur über Malvina studiert. Und natürlich war, wie es ihm sofort in den Sinn kam, ihre unbestrittene Spezialität das Verwandeln von Menschen. Wie aber waren die Arlington-Zwillinge darauf gekommen? Und in was wollten sie ihre Mutter verwandelt haben? Wenn man länger darüber nachdachte, eröffneten sich einem hier grauenhafte Perspektiven. Professor Littlecherry blickte plötzlich derart finster drein, daß die Zwillinge, hätten sie sein Gesicht sehen können, viel zu verängstigt gewesen wären, um ihm überhaupt noch antworten zu können.

«Warum wollt ihr, daß eure Mutter verwandelt wird?» begehrte er zu wissen. Ganz gelang es ihm nicht, seinen Unmut zu verbergen.

«Es ist gut ... ist das Beste für sie», stammelte Victoria.

«Wir wollen sie natürlich nicht in irgend etwas verwandeln», fügte Victor hinzu.

«Nur ihr Inneres», versuchte Victoria zu erklären.

«Wir dachten, daß Malvina sie verbessern könnte», ergänzte Victor.

Das machte die Sache noch um keinen Deut besser. Wohin kämen wir denn, wenn Kinder herumliefen und danach riefen, daß ihre Mütter «verbessert» werden müßten. Professor Littlecherry platzte fast vor Entrüstung. Die Zwillinge spürten das.

«Sie möchte es ja selbst», beharrte Victoria. «Sie möchte so gerne energisch sein, früh aufstehen und alles erledigen, was Papa alleine nicht schafft.»

«Sehen Sie», fügte Victor treuherzig hinzu, «sie ist nämlich gar nie richtig erzogen worden.»

Der Professor tat, was er konnte, um das Ganze als einen Scherz abzutun. Überdies war ja auch gar nichts Anstößiges vorgeschlagen worden. Um so mehr, als er durch die Eheleute Arlington längst ins Vertrauen gezogen war und die Sachlage genau kannte.

«Die beste Frau, die es je gab – wenn man ihr nur ein wenig mehr Energie einimpfen könnte. Kein Zeitgefühl. Kein Sinn für Disziplin. Keine Ahnung, wie man Leute behandelt.» So Mr. Arlington bei Nüssen und Wein.

«Es ist reine Faulheit. Oh doch, das ist es. Wer es gut mit mir meint, sagt zwar, ich sei eben die Ruhe in Person. Aber die richtige Erklärung dafür ist doch wohl: eingefleischte Faulheit. Obwohl ich mir Mühe gebe. Sie ahnen nicht, Professor Littlecherry, wieviel Mühe ich mir gebe!» So Mrs. Arlington selbst mit einem charmanten Lachen, während sie so tat, als mache sie sich an Littlecherrys Rosen zu schaffen.

Außerdem war es doch schlicht und einfach lächerlich zu glauben, Malvina könne tatsächlich jemanden verwandeln. In längst vergangenen Zeiten, als das menschliche Hirn noch so seine Kinderkrankheiten hatte, mag derartiges möglich gewesen sein. Hypnotische Suggestion, mesmerische Beeinflussung, schlummernde Gehirnzellen, die durch magnetische Schwingungen zu neuer Tätigkeit angeregt wurden. All das gehörte doch längst der Vergangenheit an.

Man lebte doch jetzt unter Georg dem Fünften und nicht unter König Heremon.

Das Unsichere an der Angelegenheit war nur die Frage, wie Malvina auf all das reagieren würde. Natürlich würde sie sich mit irgend etwas herauszureden versuchen. Ein reizendes kleines Ding! Was aber konnte ein geistig gesunder Mensch, ein Professor der Mathematik...

Ohne daß jemand ihr Kommen bemerkt hätte, stand plötzlich Malvina neben ihm. Die Augen der Zwillinge waren unverwandt auf den weisen und gelehrten Christopher gerichtet gewesen. Der Professor selbst sah nie etwas, während er nachdachte. Dennoch waren alle drei vom lautlosen Erscheinen Malvinas ziemlich überrascht.

«Wir sollten nie etwas ändern wollen, was der liebe Gott einmal erschaffen hat», sagte sie in das Schweigen hinein.

Sie sprach mit beinahe feierlichem Ernst. Alle Kindlichkeit schien plötzlich von ihr abgefallen zu sein.

«Das war nicht immer Ihre Meinung», warf der Professor ein. Es ärgerte ihn, daß seine Taktik, alles als einen harmlosen Scherz zu behandeln, mit Malvinas Erscheinen und dem Erklingen ihrer Stimme undurchführbar wurde.

Sie machte eine kleine Bewegung, wie wenn sie hätte andeuten wollen, daß sie die Bemerkung als nicht sehr taktvoll empfinde.

«Ich spreche als eine, die dazugelernt hat», sagte sie dann.

«Oh, Verzeihung!» lenkte der Professor ein, «ich hätte das nicht sagen sollen.»

Worauf Malvina sich zum Zeichen, daß sie seine Entschuldigung annehme, huldvoll verneigte.

«Aber hier handelt es sich doch um etwas ganz anderes», ereiferte sich Littlecherry. Er begann plötzlich mit einem Gedanken zu spielen, den er bis anhin noch nicht in seine Überlegungen einbezogen hatte. Wie einfach war es doch, den gesunden Menschenverstand zu Hilfe zu rufen, wenn Malvina nicht dabei war. Angesichts dieser seltsamen Augen aber schien überhaupt nichts mehr richtig zu funktionieren. Natürlich war der Gedanke lächerlich, aber angenommen, es würde tatsächlich geschehen? Wieso sollte es denn nicht erlaubt sein? Es war doch bloß ein psychologisches Experiment. Was war der Anfang aller Wissenschaft denn anderes als angewandte Neugierde? Warum sollte Malvina denn nicht in der Lage und willens sein, zu erklären, wie so etwas gemacht wurde? Immer vorausgesetzt natürlich, es würde sich tatsächlich etwas ereignen. Was ja schließlich zum vornherein ausgeschlossen war. Glücklicherweise. Jedenfalls mußte diese ganze Angelegenheit ein für allemal ein Ende finden.

«Es würde also heißen, daß eine außerordentliche Gabe nicht für die eigenen Zwecke benützt würde, sondern um anderen zu helfen», überlegte der Professor.

«Sehen Sie», beeilte sich Victor zu wiederholen, «Mama möchte wirklich gerne verändert werden.»

«Und Papa möchte es auch», fügte die Schwester hinzu.

«Es will mir, wenn ich es mal so ausdrücken darf, scheinen, als könnte man damit unsere, wie heißt es gleich wieder, unsere jugendlichen Torheiten wieder ausgleichen», folgerte Littlecherry nicht ohne eine gewisse Nervosität.

Malvinas Augen waren fest auf den Professor gerichtet. In der schwachen Beleuchtung des niederen Zimmers schienen die Augen beinahe alles zu sein, was man von ihr erkennen konnte.

«Sie möchten es also», sagte sie schließlich.

Es war überhaupt nicht gerecht gewesen, mußte sich der Professor später sagen, daß sie ihm die ganze Verantwortung zugeschoben hatte. Wenn sie nämlich wirklich die richtige Malvina, Hofdame der Königin Harbundia, war, dann war sie doch weiß Gott alt genug, um für sich selbst zu entscheiden. Nach seinen Berechnungen war sie zu diesem Zeitpunkt nicht weniger als dreitausendachthundert Jahre alt, während er selbst noch nicht einmal sechzig war – vergleichsweise also noch das reinste Kind! Wenn nur ihre Augen nicht so unwiderstehlich gewesen wären!

«Nun, schaden kann es ja eigentlich nicht», gab Littlecherry nach einer langen Pause endlich zu. Was Malvina ohne Zögern als eine Ermächtigung auffaßte.

«Sagt ihr, sie solle bei Sonnenuntergang zu den Kreuzsteinen kommen!» befahl sie den Zwillingen.

Littlecherry brachte die beiden Kinder selbst zur Türe. Wobei alle drei aus einem Grunde, den sich der Professor nicht erklären konnte, auf Zehenspitzen gingen. Gerade kam Mr. Brent, der Postbote, vorüber, und die Zwillinge liefen zu ihm hin und faßten ihn bei der Hand. Malvina aber stand noch immer dort, wo der Professor sie verlassen hatte. Irgendwie war es lächerlich, aber auf eine merkwürdige Weise hatte Littlecherry tatsächlich Angst.

Er schloß die Türe und ging in die Küche, wo es hell und gemütlich war. Mrs. Muldoon war mit der Zubereitung des Abendessens beschäftigt und hatte es nicht ungern, daß der Professor sie in ein Gespräch über die irische Selbstverwaltung verwickelte. Als er ins Wohnzimmer zurückkehrte, war Malvina verschwunden.

Die Zwillinge sagten an diesem Abend niemandem etwas von der Angelegenheit. Auch am nächsten Morgen wollten sie darüber schweigen und bloß die Mutter bitten, am Abend mit ihnen spazieren zu kommen. Ihre große Sorge dabei war, daß sie nach dem Grund dafür fragen könnte. Aber merkwürdigerweise war sie ohne jede Frage einverstanden.

Den Kindern wollte es scheinen, als sei es Mrs. Arlington selbst, die den Weg an der Grube vorbei wählte. Als sie bei den Kreuzsteinen angekommen waren, setzte sie sich hin und vergaß offensichtlich urplötzlich alles um sich herum.

Die Zwillinge stahlen sich davon, ohne daß sie es bemerkt hätte, wußten aber nicht so recht, was sie nun mit sich anfangen sollten. So liefen sie vorerst eine halbe Meile, bis sie an den Waldrand kamen. Dort verweilten sie ein wenig, ohne sich ins Dunkel hineinzuwagen. Dann schlichen sie zu den Kreuzsteinen zurück.

Mrs. Arlington saß noch genauso da, wie ihre Kinder sie verlassen hatten. Zuerst dachten sie, sie schliefe, dann aber sahen sie, daß ihre Augen weit geöffnet waren. Sie waren ungeheuer erleichtert, obgleich sie nicht wußten, was sie eigentlich befürchtet hatten. Sie setzten sich zu ihr hin, eins an jede Seite, und jedes nahm eine Hand in die seine. Dennoch – und trotz der geöffneten Augen – nahm sie erst nach unverhältnismäßig langer Zeit von ihrer Rückkehr Notiz. Sie erhob sich und blickte langsam um sich, während man die Uhr neun schlagen hörte.

Zuerst konnte sie gar nicht glauben, daß es schon so spät war. Ein Blick auf ihre Uhr – es war gerade noch hell genug, um sie ablesen zu können – überzeugte sie dann aber vollends. Und da wurde sie auf einmal wütender, als die Zwillinge sie je erlebt hatten. Ja, zum ersten Mal in ihrem Leben erfuhren die beiden, wie es sich anfühlt, wenn man eine Ohrfeige bekommt. Neun Uhr! Da sei es doch höchste Zeit für das Abendessen! Und sie seien noch eine gute halbe Stunde von zu Hause entfernt. Und alles durch ihre Schuld!

Sie brauchten allerdings für die Heimkehr keine halbe Stunde. In zwanzig Minuten erreichten sie, Mrs. Arlington vorausstürmend und die Zwillinge außer Atem hintendrein, den Gutshof. Mr. Arlington war noch nicht zurück. Er kam erst fünf Minuten später, und Mrs. Arlington sagte ihm mit aller Deutlichkeit, was sie von dieser Verspätung hielt. Übrigens war es das kürzeste Abendessen, an das sich die Zwillinge erinnern konnten. Ehe sie sich's versahen, fanden sie sich im Bett vor – zehn Minuten schneller als der bisherige Rekord war. Aus der Küche hörten sie noch die Stimme ihrer Mutter schallen. Ein Topf Milch war übersehen worden und war nun sauer. Jane hatte ihre Kündigung auf Ende Woche, noch bevor die Uhr zehn schlug.

Der Professor hörte durch Mr. Arlington von der Wendung der Dinge. Eigentlich hätte Arlington ja gar keine Zeit gehabt, zum Professor zu kommen, da es Punkt zwölf Uhr Mittagessen gab und es schon zehn vor zwölf war. Irgendwie schaffte er es dann aber doch, den Professor auf einem kurzen gemeinsamen Wegstück von allem ins Bild zu setzen.

Also: Frühstück gäbe es im Herrenhaus jetzt um sechs, und zwar seit Donnerstag; die Familie müsse vollständig angekleidet erscheinen, und Mrs. Arlington präsidiere das Ganze. Falls der Professor es nicht glauben wolle, könne er sich jederzeit morgens davon überzeugen kommen. Um sechs Uhr dreißig sei jeder an seiner Arbeit und Mrs. Arlington an der ihren. Letztere bestehe zur Hauptsache darin, für den Rest des Tages darüber zu wachen, daß ein jeder die seine verrichte. Lichterlöschen sei um zehn Uhr. Dann müßten alle im Bett sein – die meisten noch so froh, endlich zur Ruhe zu kommen.

«Recht so: das hält uns alle in Schwung!» war Mr. Arlingtons Meinung (zumindest am Samstag noch). Genau das, was not tue. Vielleicht nicht als Dauerzustand; immerhin seien ja auch die Nachteile nicht zu verkennen. Das anstrengende Leben, die Aufgabe, dafür zu sorgen, daß jedermann sein anstrengendes Leben führe – das vertrage sich nur schwer mit ungetrübter Liebenswürdigkeit. Besonders am Anfang nicht! Der ganze Eifer sei eben noch neu und unverbraucht. Kein Wunder, daß er dem rechten Maß vorauseile. Es sei sinnlos, ihn bremsen zu wollen. Einschränkungen könne man später vorschlagen. Alles in allem müsse man die Sache beinahe als die Erhörung eines Gebetes ansehen. – Mr. Arlingtons Augen wurden auf ihrem Weg zu höheren Sphären augenscheinlich von der Kirchturmuhr gefangengenommen. Das bestimmte ihn, seinen Heimweg ohne weiteren Aufschub fortzusetzen. Nach der Biegung der Straße fing Mr. Arlington, der fälschlicherweise meinte, Professor Littlecherry könne ihn nicht mehr sehen, sogar zu laufen an.

Dies scheint das Ende des Professors gewesen zu sein, soweit es ihn als geistig gesundes, intelligentes Mitglied der heutigen Gesellschaft betrifft. Erst nachträglich erkannte er jetzt, daß er

Malvina nicht zuletzt deshalb gedrängt hatte, ihre, sagen wir mal, «Kraft» an der unglücklichen Mrs. Arlington zu erproben, weil er gehofft hatte, so sein geistiges Gleichgewicht wiederherstellen zu können. Daß Malvina tatsächlich mit einer Handbewegung – oder wie immer der Hokuspokus vor sich gegangen war – die bisher unverbesserlich indolente und träge Mrs. Arlington in eine Art weiblichen Lloyd George verwandeln könnte, hatte er nie wirklich in Erwägung gezogen.

Er vergaß völlig sein Mittagessen, wanderte ziellos in der Gegend herum und scheint erst spät am Nachmittag heimgekehrt zu sein. Nach Auskunft des kleinen Dienstmädchens war er während des Abendessens sehr unruhig und nervös – «zappelig» nannte sie es. Einmal, als das Mädchen versehentlich einen Löffel fallen ließ, sprang er, wie von einer Kugel getroffen, von seinem Stuhl hoch, und zweimal warf er das Salzfäßchen um. Ohnehin zweifelte der Professor just während der Mahlzeiten am stärksten an Malvinas Feenqualitäten. An eine Fee zu glauben, die mit einem recht beachtlichen Stück Braten, gefolgt von zweimal Pastete, aufräumen konnte, war eben nicht ganz einfach. Heute abend aber bereitete es dem Professor keinerlei Schwierigkeiten. Die Weißen Damen waren schließlich sterblicher Gastfreundschaft nie abgeneigt gewesen. Eine gewisse Anpassungsfähigkeit an Irdisches muß von Anfang an vorhanden gewesen sein. Malvina, so durfte man annehmen, hatte seit jener schicksalshaften Nacht ihrer Verbannung viele Erfahrungen sammeln können. Zurzeit jedenfalls hielt sie für ihre Zwecke die Gestalt einer Jeune Fille des zwanzigsten Jahrhunderts nach Christi Geburt für am geeignetsten. Eine Würdigung der ausgezeichneten Küche von Mrs. Muldoon sowie des exzellenten Weinkellers von Professor Littlecherry war dieser Erscheinungsform durchaus angemessen.

Nicht einen Augenblick konnte er sich Mrs. Arlington aus dem Kopf schlagen. Mehrmals wollte ihm, wenn er einen heimlichen Blick über den Tisch warf, scheinen, als ob Malvina ihn mit einem spöttischen Lächeln betrachtete. Es mußte ihn einer jener koboldartigen Geister angetrieben haben, Malvina in Versuchung zu führen.

Tausende von Jahren hatte sie – jedenfalls, soweit bekannt war – ein ruhiges, untadeliges Leben geführt, hatte jene verhängnisvolle Leidenschaft, andere Leute zu verwandeln, bekämpft und bewältigt. Welcher Wahnsinn, sie nun wieder wachzurufen! Und keine Königin Harbundia war mehr zur Hand, um ihr Einhalt zu gebieten!

Der Professor hatte, während er sich eine Birne schälte, das deutliche Gefühl, als verwandle er sich in ein Meerschweinchen – er spürte so ein merkwürdiges Schrumpfgefühl in den Beinen. Dieser Eindruck wurde schließlich so lebhaft, daß er unvermittelt aufsprang, um sich im Spiegel zu betrachten. Es kann am Spiegel gelegen haben; er hing über dem Büffet und war eins dieser merkwürdigen Modelle mit den kleinen Goldbällchen ringsum; jedenfalls, bei genauem Hinsehen schien dem Professor, als wachse ihm die Nase gerade aus dem Gesicht heraus nach vorne.

Malvina, die vermutete, es sei dem Herrn Professor plötzlich schlecht geworden, fragte besorgt, ob sie etwas für ihn tun könne. Was zu unterlassen er sie inständig gebeten zu haben scheint.

Professor Littlecherry hatte Malvina Cribbage gelehrt, und für gewöhnlich spielten sie am Abend ein oder zwei Partien. Heute aber war der Professor nicht dazu aufgelegt, und Malvina begnügte sich mit einem Buch. Besonders angetan hatten es ihr die alten Chronisten. Littlecherry besaß ein ganzes Bücherbord voll davon, viele in der altfranzösischen Originalsprache. Während er so tat, als würde auch er lesen, hörte er Malvina in fröhliches Gelächter ausbrechen. Er stand auf, ging zu ihr hin und blickte ihr über die Schulter. Sie las die Geschichte ihrer eigenen Begegnung mit einem Besitzer von Zinn-Minen, einem ältlichen Herrn, der nicht gerne lange aufblieb, und den sie in eine Nachtigall verwandelt hatte. Es ging dem Professor durch den Sinn, daß die Erinnerung an dieses Vorkommnis Malvina vor der Sache mit Mrs. Arlington gewiß mit Scham und Reue erfüllt hätte. Nun schien sie es komisch zu finden.

«Ein alberner Trick und eine Frechheit dazu», bemerkte der Professor, der seine Erregung nur mit Mühe verbergen konnte. «Niemand hat das Recht, andere Leute zu verwandeln. Man soll nicht an Sachen herumpfuschen, von denen man nichts versteht. Dazu hat überhaupt niemand ein Recht.»

Malvina sah auf und seufzte hörbar. Des Professors Verärgerung ging ihr nahe.

«Zum eigenen Vergnügen oder aus Rache natürlich nicht», gab sie zu bedenken. Ihre Stimme war von Demut erfüllt, in einem Unterton klang etwas Selbstbezichtigung mit. «Das ist wirklich nicht recht. Aber jemanden zu seinem eigenen Vorteil zu verwandeln – oder vielmehr nicht zu verwandeln, zu verbessern –, das ist doch etwas anderes, oder?»

«Kleine Heuchlerin!» murmelte der Professor vor sich hin. «Sie hat wieder Geschmack an ihren alten Kunststücken gefunden, und Gott weiß, wie weit sie gehen wird.»

Professor Littlecherry verbrachte den Rest des Abends mit seinen Sachregistern, auf der Suche nach den neuesten Erkenntnissen über Königin Harbundia.

Inzwischen hatte sich die Arlington-Geschichte im Dorf herumgesprochen. Höchstwahrscheinlich waren die Zwillinge nicht fähig gewesen, ihr Geheimnis für sich zu behalten. Jane, das entlassene Dienstmädchen der Arlingtons, war vorbeigekommen, um Mrs. Muldoon ihre Version der entscheidenden Szene in der Küche des Herrenhauses zu schildern, und Mrs. Muldoon, im Vorgefühl drohenden Unheils, mag bei dieser Gelegenheit ungewollt gewisse Andeutungen gemacht haben.

Die Marigolds trafen die Arlingtons am Sonntag nach dem Gottesdienst und erfuhren alles. Das heißt, sie trafen Mr. Arlington und die Kinder. Mrs. Arlington hatte mit den zwei ältesten Töchtern die Frühandacht um sieben besucht. Mrs. Marigold war eine hübsche, anziehende kleine Frau, zehn Jahre jünger als ihr Mann. Sie kann keine vollständige Närrin gewesen sein, sonst hätte sie es nicht geschafft. Marigold, ein Politiker mit Zukunft, hätte natürlich eine Frau heiraten sollen, die ihm beistehen konnte, verliebte sich aber einige Meilen außerhalb Brüssels über die Mauern einer Klosterschule hinweg in die junge Person, die nun seine Frau war. Mr. Marigold war nicht als regelmäßiger Kirchgänger bekannt, hatte aber just an diesem Sonntag das Gefühl gehabt, es seinem Schöpfer wieder einmal schuldig zu sein. Er war immer noch in die junge Frau verliebt. Nicht blind, versteht sich. Später mochte sich eine führende Hand als nötig erweisen. Erst aber wollte er die junge Saat feste Wurzeln schlagen lassen.

Gewisser Verpflichtungen wegen mußte Marigold schon am Nachmittag wieder in die Stadt zurückfahren, und Mrs. Marigold begleitete ihn ein Stück weit in Richtung Bahnhof. Auf dem Rückweg über die Felder traf sie die Arlington-Zwillinge. Später schaute sie noch bei Mrs. Muldoon hinein, um über Jane zu sprechen, die, wie sie gehört hatte, eine neue Stelle suchte. Kurz vor Sonnenuntergang wurde sie vom Doktor gesehen, wie sie den Pfad zu den Kreuzsteinen erklomm. Malvina fehlte an diesem Abend beim Essen. Als sie zurückkehrte, schien sie mit sich selbst äußerst zufrieden zu sein.

# DER DRITTE KUSS – ODER: WIE DIE SACHE ALLZUFRÜH EIN ENDE NAHM

Einige Tage später – vielleicht war es auch die Woche darauf, der genaue Zeitpunkt läßt sich nicht mehr feststellen – suchte Mr. Marigold, seines Zeichens Mitglied des Unterhauses im Parlament Seiner Majestät, den Professor auf. Sie sprachen zunächst über die Tarifreform, doch dann stand Marigold unversehens auf und vergewisserte sich, ob die Tür fest verschlossen sei.

«Sie kennen meine Frau», sagte er mit leiser Stimme. «Wir sind jetzt sechs Jahre verheiratet, und nie hat es den kleinsten Schatten zwischen uns gegeben, bis auf einen. Natürlich: gescheit ist sie nicht, ich meine, wenigstens ...»

Littlecherry sprang vom Stuhl auf. «Wenn Sie einen Rat von mir annehmen wollen: lassen Sie sie um Himmels Willen so, wie sie ist!» Er sprach mit Leidenschaft und Überzeugung.

Marigold sah auf.

«Genau so, möchte ich heute, daß ich mich verhalten hätte. Ich nehme die ganze Schuld auf mich.»

«Solange wir unsere Irrtümer selbst erkennen, besteht immer noch Hoffnung für uns», beruhigte Littlecherry den aufgebrachten Parlamentarier. «Sie gehen schnurstracks nach Hause, junger Mann, und sagen ihr, daß Sie es sich anders überlegt hätten. Sagen Sie ihr, Sie möchten sie gar nicht mit Verstand. Sagen Sie ihr, Sie hätten sie viel lieber ohne. Hämmern Sie ihr das ein, bevor irgend etwas passiert.»

«Das hab ich ja versucht», lamentierte Marigold. «Sie sagt, es sei bereits zu spät. Die Erleuchtung sei schon über sie gekommen, und sie könne es jetzt nicht mehr rückgängig machen.»

Jetzt war es am Professor, sein Gegenüber anzustarren. Er hatte nichts über die Vorgänge am Sonntag gehört. Wider alle Vernunft hatte er gehofft, die Sache mit Mrs. Arlington werde ein todsicheres Geheimnis zwischen ihm und den Zwillingen bleiben, und hatte sich nach Kräften bemüht, an alle möglichen anderen Dinge zu denken.

«Meine Frau ist der Fabianischen Gesellschaft beigetreten», fuhr Marigold mit düsterer Miene fort. «Sie haben sie in die Gesellschaft für den Kindergarten aufgenommen und sogar in die Ortsgruppe der Sozialisten. Wenn sich das vor der nächsten Wahl herumspricht, kann ich mir gleich einen anderen Wahlbezirk suchen ... Das ist alles.»

«Auf welche Weise haben Sie von ihr gehört?» fragte der Professor.

«Ich habe überhaupt keine Ahnung gehabt von ihrer Existenz. Sonst wäre ich ja wohl nicht derart ahnungslos in die Stadt gefahren. Halten Sie es für taktvoll», fügte er noch hinzu, «solche – solche Menschen auch noch zu ermuntern?»

«Wer soll sie ermuntert haben?» verlangte Littlecherry zu wissen.

«Wenn nicht Narren herumlaufen würden, die meinen, sie könnten jeden anderen Narren verbessern, nur sich selber nicht, so würden solche Dinge gar nicht passieren können. Arlington zum Beispiel, der hat doch eine liebenswürdige, sanftmütige Frau gehabt. Aber anstatt Gott auf den Knien zu danken und den Mund zu halten, ärgert er sich grün und blau, weil sie nicht die unternehmungslustige Gutsfrau ist, die er gerne haben möchte. Nun, jetzt hat er seine unternehmungslustige Gutsfrau! Ich habe ihn am Mittwoch getroffen – mit einer Beule, so groß wie ein Ei. Er sei über eine Matte gestolpert, sagt er. Da ist nichts zu machen. Man kann sich nicht einen Menschen genau so weit verändern lassen, wie man ihn verändert haben will, und kein bißchen weiter. Entweder, man läßt seine Frau in Frieden, oder man ändert sie vollkommen. Dann aber weiß nicht einmal sie selbst, was bei ihr alles zum Vorschein kommt. Was Ihren Fall betrifft, so hätte doch ein vernünftiger Mann in Ihrer Position dankbar sein müssen für eine Frau, die ihre Nase nicht in seine Angelegenheiten steckt, eine Frau, in deren Gesellschaft er die verflixte Politik einmal vergessen kann. Sicher haben Sie ihr mindestens einmal im Monat zu verstehen gegeben, was für eine Tragödie es für Sie sei, eine Frau ohne Verstand geheiratet zu haben. Nun, jetzt hat sie eben ihren Verstand entdeckt und gebraucht ihn auch. Warum sollte sie denn nicht der Fabianischen Gesellschaft beitreten und bei den Sozialisten mitmachen? Das beweist doch Unabhängigkeit des Charakters! Am besten, Sie folgen ihrem Beispiel und machen da ebenfalls mit. Dann können Sie beide zusammenarbeiten.»

«Ich bedaure», sagte Marigold, indem er sich erhob, «ich hatte keine Ahnung davon, daß Sie ihre Ansichten teilen.»

«Wer hat gesagt, daß ich mit Mrs. Marigold irgendwelche Ansichten teile?» rief der Professor erregt. «Ich befinde mich da in einer außerordentlich unangenehmen Lage.»

«Ich nehme an», sagte Marigold zögernd – er hielt den Türgriff bereits in der Hand und schien sich endgültig mit seinem Schicksal abfinden zu wollen –, «daß es wenig sinnvoll ist, wenn ich noch mit ihr selbst rede.»

«Sie hat für den Platz bei den Kreuzsteinen eine besondere Vorliebe. Entscheiden Sie selbst, ob Sie sie da aufsuchen wollen, aber an Ihrer Stelle würde ich mir das gut überlegen.»

«Ich hatte gehofft, daß sie, wenn ich persönlich sie um den Gefallen bitte, bereit ist, noch einmal mit Edith zu sprechen und ihr zu sagen, sie habe nur Spaß gemacht.»

Dem Professor begann ein Licht aufzugehen.

«Was glauben Sie», fragte er, «ist denn überhaupt vorgefallen?»

«Nun», meinte Marigold, «ich vermute, daß Ihre junge ausländische Freundin meine Frau getroffen und mit ihr über Politik geprochen hat, und das ist jetzt das Ergebnis. Es muß eine junge Frau von außerordentlicher Beredsamkeit sein; und wenn sie meinem Wunsch entgegenkäme, so würde das ja nur bedeuten, eine einzige Bekehrte wieder zu verlieren, und das würde ich auf andere Weise wieder gutmachen.»

Marigold konnte seine Betroffenheit nicht mehr verbergen, wenn er sprach, und das rührte den Professor geradezu.

«Das würde also bedeuten», lenkte Littlecherry ein, «daß Mrs. Marigold, wenn ich Sie richtig verstehe und wenn es sich überhaupt machen läßt, vollständig in ihr früheres Ich zurückverwandelt werden müßte, in jenes Ich also, das keinerlei Interesse an Politik hat.»

«Ich wäre Ihnen unendlich dankbar dafür», seufzte Mr. Marigold.

Der Professor hatte zwar wieder einmal seine Brille verlegt, glaubte aber dennoch, in Marigolds Auge eine Träne funkeln zu sehen.

«Ich will sehen, was ich tun kann», versprach Littlecherry. «Natürlich dürfen Sie nicht fest damit rechnen. Es ist nämlich sehr viel einfacher, eine Frau zum Denken zu bringen, als sie wieder zu bremsen, selbst für eine —» Der Professor brach gerade noch rechtzeitig ab.

«Ich werde mit ihr reden», bestätigte er nochmals. Worauf Marigold ihm die Hand schüttelte und ging.

Es war höchste Zeit, Malvina einmal tüchtig ins Gebet zu nehmen. Ohnehin wird sich ja das volle Ausmaß ihrer Aktivitäten während dieser kurzen Mittsommerwochen bis zur Rückkehr Staffelführer Raffletons nie ganz enthüllen lassen. Wenn man dem Doktor glauben will, ist die Sache riesig übertrieben worden. Aber es gibt andere, die so reden, als sei die halbe Dorfbevölkerung stückweise auseinandergenommen, verändert, verbessert und dann in einem Geisteszustand nach Hause geschickt worden, daß die Leute für die eigene Mutter nicht wiederzuerkennen waren. Sicher ist, daß Mr. Dawson von der Kunstakademie, der bei jedermann außer bei seiner Frau als liebenswerter kleiner Mann galt und dessen einzige Schwäche eine unausrottbare Gewohnheit des Witzelns war (sowohl – falls es eine solche überhaupt gibt – in der Saison als auch und noch mehr außerhalb dieser), Mrs. Dawson eines Morgens völlig unerwartet ein holländisches Stilleben, achtunddreißig mal zweiundzwanzig waren die Maße, über den erstaunten Kopf schmetterte. Es rüschelte sich, an biblische Illustrationen von Johannes dem Täufer gemahnend, um ihren Hals, und der Rahmen mußte durchgesägt werden, damit sie es loswerden konnte. Was übrigens die Geschichte mit dem Dienstmädchen angeht, das er hinter der Regentonne küßte, als eben Mrs. Dawsons Tante vorbeiging – dieses Pech, so meint der Doktor, hätte ein jeder haben können. Ernster ist da schon die Frage, ob es nachweisbar irgend einen Zusammenhang zwischen Mr. Dawson und der Tatsache gibt, daß Dolly Caltorpe damals den letzten Zug nach Hause verpaßte. Mrs. Dawson, die selbst keineswegs häßlich oder humorlos war, mag natürlich Dawson, so wie er von Natur aus war, als enervierend empfunden haben. Obgleich man sich dann zu Recht fragen kann: Warum hatte sie ihn denn geheiratet? Aber es ist eben nicht das gleiche, ob ein Mann, wie Mrs. Dawson sich ausdrückte, einen Mangel an natürlicher Männlichkeit hat oder ob er damit entschieden zu kräftig gesegnet ist. Wie es ja überhaupt sehr schwierig ist, in diesen Dingen das richtige Maß zu finden.

Nach des Doktors Meinung mögen es alles in allem etwa ein halbes Dutzend Dorfbewohner gewesen sein, die sich mit Hilfe Malvinas erfolgreich eine Zeitlang in einen geistesgestörten Zustand versetzen ließen. Als Malvina, ein wenig unwillig, aber voller Bereitschaft, ihre eigene Einsicht der des weisen und gelehrten Christopher unterzuordnen, zustimmte, sie «wiederherzustellen», da war es in Wirklichkeit so, daß sie ihren Vorrat an übel erworbener Energie bereits weitgehend verbraucht hatten und nur noch eines leichten Anstoßes bedurften, um wieder in ihr altes Ich zurückzufallen.

Mrs. Arlington allerdings teilt die Ansicht des Doktors, das Ganze beruhe auf Autosuggestion und lasse sich auf natürliche Weise erklären, in keiner Weise. Sie hatte schon lange Zeit vor jenem denkwürdigen Ereignis versucht, sich zu bessern, und hatte dabei aufs elendigste versagt. Damals aber war plötzlich irgend etwas um sie gewesen – man könnte es als eine Art Aroma bezeichnen –, das sie veranlaßt hatte, die Zwillinge ins Vertrauen zu ziehen; eine Art Eingebung, das Gefühl, daß sie ihr irgendwie helfen könnten. Diese Ahnung verließ sie auch während des ganzen folgenden Tages nicht, und als die Zwillinge am Abend in Begleitung des Postboten zurückkehrten, wußte sie instinktiv, daß sie ihretwillen unterwegs gewesen waren. Dieses gleiche intuitive Ahnen zog sie auch zu den Heidehügeln hinauf. Sie ist überzeugt, daß sie auch zu den Kreuzsteinen hinaufgegangen wäre, wenn die Zwillinge es nicht vorgeschlagen hätten. Ja, sie behauptet sogar, sich gar nicht bewußt geworden zu sein, daß die Zwillinge sie begleiteten. Und um die Steine herum war etwas gewesen, ein Gefühl, daß irgend jemand dasein müsse. Schon als sie dahin gekommen war, hatte sie gleich gefühlt, daß dies der vorausbestimmte Ort war; und als dann, woher sie kam, vermochte sie nicht zu erkennen, eine winzige Gestalt vor ihr sichtbar wurde, die auf geheimnisvolle Weise in das schwindende Licht gehüllt war, verspürte sie, wie sie sich deutlich erinnert, weder Überraschung noch Furcht. Die winzige Dame setzte sich neben sie und nahm Mrs. Arlingtons Hand in die ihren. Dann begann sie in einer fremden Sprache zu reden, die

Mrs. Arlington damals verstehen konnte, obgleich ihr heute deren Kenntnis völlig abhanden gekommen ist. Plötzlich, so erinnert sie sich, fühlte sie, wie ihr Körper von ihr genommen wurde. Dann meinte sie zu fallen und hatte das Gefühl, sie müsse mit allen Kräften versuchen, wieder nach oben zu gelangen. Die kleine Dame half ihr zwar bei diesem verzweifelten Bemühen, und dennoch schienen Ewigkeiten zu vergehen, bis sie den unbekannten Mächten, die sie festhielten, zu entgleiten vermochte. Die kleine Dame hielt sie aufrecht. Sie klammerten sich fest aneinander und stiegen und stiegen und stiegen ... Als Mrs. Arlington erwachte, war die kleine Dame verschwunden, aber das Gefühl war geblieben: dieses leidenschaftliche Aufwärtsdrängen, diese Bereitschaft zu unaufhörlichem Bemühen, zu Tätigkeit, zu jener Bewährung, die von nun an Sinn und Zweck ihres Daseins ausmachen sollte.

Zuerst wußte sie nicht, wo sie war. Ein merkwürdig farbloses Licht umgab sie, und in der Luft war der seltsame Gesang von Myriaden von Vögeln. Dann aber schlug die Uhr neun, und das Leben kehrte in einem wilden Ansturm in sie zurück. In ihr zurück jedoch blieb die Überzeugung, daß sie sich ihrer selbst und aller anderen bemächtigen und Dinge vollbringen müsse, über die alle Welt staunen würde. Eine Überzeugung übrigens, deren unmittelbare Auswirkung, wie schon erwähnt, die Zwillinge gleich darauf als erste zu spüren bekamen.

Als sie nach einer Aussprache mit dem Professor und auf Wunsch und Bitte von Mr. Arlington und ihrer ältesten Tochter eingewilligt hatte, einen zweiten Besuch bei den Steinen zu machen, ging sie mit ganz anderen Gefühlen den grasüberwachsenen Pfad hoch. Zwar erschien ihr die kleine Dame wie beim ersten Mal, aber die merkwürdig unergründlichen Augen blickten traurig – so traurig, daß Mrs. Arlington, vereinfacht gesagt, den Eindruck hatte, sie werde nun ihrer eigenen Begräbnisfeier beiwohnen. Wieder faßte die kleine Dame sie bei der Hand, und wieder durchlebte sie die Schrekken des Fallens. Aber statt mit Kampf und Sieg zu enden, ging er diesmal direkt in einen Schlaf über. Als Mrs. Arlington die Augen wieder öffnete, war sie allein. Sie fror jämmerlich und fühlte sich merkwürdig müde. Langsam ging sie nach Hause und legte sich dort, da sie keinen Hunger verspürte, ohne Abendessen ins Bett. Sie wußte selber nicht warum, aber sie weinte, bis ihr die Augen zufielen.

Ähnlich mag es auch den anderen Betroffenen widerfahren sein – mit Ausnahme Mrs. Marigolds. Ihr Fall trug, wie der Doktor widerwillig selbst zugibt, viel dazu bei, seine Hypothese zu schwächen. Einmal geschlüpft, breitete diese pfiffige Person ihre Flügel mit äußerster Genugtuung aus.

Sie hatte ihren Ehering als das Relikt einer überwundenen barbarischen Epoche vom Finger gestreift und hielt schon bald einmal ihre erste Rede auf einer Versammlung von Anhängern der Ehereform. Diesen heiklen Fall würde man, wenn überhaupt, nur mit Hilfe eines Vorwandes lösen können. Nachdem Malvina sich unter Tränen bereit erklärt hatte, an der Rückverwandlung mitzuarbeiten, sollte Marigold seine Frau noch am gleichen Abend zu den Kreuzsteinen begleiten und sie dort mit der Erklärung allein lassen, Malvina habe den Wunsch geäußert, sie wiederzusehen, um «einfach ein bißchen mit ihr zu plaudern».

So hätte schließlich alles gut enden können, wenn nicht Staffelkapitän Raffleton dazwischengekommen wäre. Just in dem Augenblick, als Malvina sich auf den Weg machen wollte, stand er plötzlich in der Wohnzimmertür. Er war auf ein Schreiben von Vetter Christopher hin herbeigeeilt. Sogar sehr eindringlich hatte Littlecherry dem Staffelkapitän geschrieben – kein Wunder nach der Sache mit Mrs. Arlington –, und einige Male hatte er schon geglaubt, das Geräusch des Propellers zu hören, wobei er jedoch bis zu diesem Zeitpunkt immer enttäuscht worden war. «Staatsaffären», hatte der Professor Malvina erklärt, würden den Flieger am Kommen hindern. Und Malvina, mit den Appellen der Ritter und Krieger bestens vertraut, hatte diese Entschuldigung brav hingenommen.

Jetzt stand er da, den Helm in der Hand.

«Bin erst heute mittag aus Frankreich gekommen», erklärte er atemlos, «habe keine Zeit zu verlieren!»

Aber dann hatte er doch genügend Zeit, um geradewegs auf Malvina zuzugehen, sie lachend in die Arme zu nehmen und ohne Zögern voll auf den Mund zu küssen.

Als er sie das letzte Mal geküßt hatte – im Obstgarten, vor den Augen des Professors –, war Malvina beinahe ohne jede sichtbare Anteilnahme geblieben – bis auf jenes seltsame Lächeln um die Lippen. Jetzt aber geschah etwas Merkwürdiges. Ihren ganzen Körper schien ein Beben zu durchlaufen, sie schwankte und zitterte. Professor Littlecherry befürchtete schon, sie werde hinfallen. Und vielleicht nur, um sich aufrechtzuhalten, legte sie die Arme um den Nacken von Staffelkapitän Raffleton. Doch dieser erste Eindruck täuschte, denn bereits klammerte sie sich mit einem merkwürdig dunklen Schrei – der Professor fühlte sich an ein kleines sterbendes Waldtier erinnert – an den Offizier.

Es verging eine ziemliche Spanne Zeit, bis der Professor die Uhr schlagen hörte und dadurch an die Verabredung erinnert wurde, die Malvina mit Mrs. Marigold zusammenbringen sollte.

«Sie werden gerade noch rechtzeitig hinkommen», sagte er, während er sie sanft von dem jungen Mann abzulösen versuchte. «Ich verspreche Ihnen, ihn hierzubehalten, bis Sie zurück sind.» Und als Malvina ihn nicht verstehen wollte, erklärte er ihr nochmals ausführlich, was sie im Hinblick auf Mrs. Marigolds Rückverwandlung versprochen hatte.

Aber noch immer rührte sie sich nicht – bis auf eine kleine Handbewegung, die den Eindruck erweckte, als suche sie irgend etwas Unsichtbares festzuhalten.

Es dauerte noch eine gute Weile, bis sie endlich die Arme langsam sinken ließ und von einem zum andern blickte. Dem Professor fiel es damals nicht gleich auf, aber später wurde es ihm klar: diese merkwürdig ferne Abgeschlossenheit, dieses Gefühl, als schaue sie einen aus einer ganz anderen Welt heraus an – das war mit einem Male wie weggeblasen.

«Es tut mir leid», sagte sie leise. «Es ist zu spät. Ich bin eine ganz gewöhnliche Frau.»

Und Mrs. Marigold – man mag dazu stehen wie man will – denkt heute noch!

# DAS VORSPIEL

Und hier folgt nun das Vorspiel. Natürlich hätte darüber zuerst erzählt werden müssen, aber es wußte eben bis zum Schluß niemand etwas davon. Staffelkapitän Raffleton erfuhr das Ganze aus dem Munde eines französischen Kriegskameraden. Dieser hatte in Friedenszeiten einem Kreis von Leuten zugehört, die ihre Inspirationen in den weiten Ebenen und sagenumwobenen Tälern der Bretagne suchten. Staffelkapitän Raffleton seinerseits erzählte es später dem Professor, wobei letzterer die Bedingung stellte, der Doktor dürfe es nicht erfahren. Denn zweifellos hätte er darin bloß eine Bestätigung seiner eigenen kleinlichen, vernunftgebundenen Theorien sehen wollen, während für den Professor selbst diese nachträglichen Enthüllungen einen unbezweifelbaren Beweis für die Echtheit der Malvina-Geschichte bedeuteten.

Das Ganze beginnt Anno Domini achtzehnhundertachtundneunzig an einem ganz besonders ungemütlichen Februarabend – «in einer stürmischen Winternacht», könnte man sagen, würde es sich hier um Erdichtetes handeln. Ort des Geschehens war die einsame Behausung der Madame Lavigne am Rande jenes Hochmoores, welches das Dorf Aven-à-Christ umgibt. Ganz in ihre Strickarbeit vertieft – sie lebte davon, daß sie die ganze Gegend mit Strümpfen belieferte –, meinte Madame Lavigne einmal ein Geräusch zu vernehmen. Es klang wie das Vorübereilen von Schritten und ein zartes Pochen an der Türe. Madame Lavigne verscheuchte den Gedanken sogleich unwillig. Wer sollte denn um diese Stunde und bei diesem Wetter an einem Ort vorbeikommen, wo es nicht einmal eine Straße gab! Aber wenige Minuten später ertönte wieder ein leises Klopfen, worauf Madame Lavigne sich erhob, die Kerze in die Hand nahm und nachsehen ging, was da los war. Als sie die Türe einen Spalt geöffnet hatte, blies ein Windstoß ihr die Kerze aus, und sie konnte daher in der stockfinsteren Nacht nichts mehr erkennen. Sie rief irgend etwas in die Nacht hinaus, erhielt aber keine Antwort. Schon wollte sie die Türe wieder zumachen, als sie ein schwaches Geräusch vernahm. Ein Rufen konnte man es nicht nennen, viel eher war ihr, als habe jemand, den sie nicht sehen konnte, mit schwacher Stimme etwas gesagt, was sie nicht verstand.

Sie bekreuzigte sich und murmelte ein Gebet. Aber da hörte sie es schon wieder, diesmal ganz deutlich. Es kam aus der Gegend ihrer Füße, und eigentlich lag ja nichts näher, als mit den Händen herumzutasten. Vielleicht war es eine verirrte Katze. Unversehens stieß sie mit der Hand an etwas Warmes, Weiches. Es war ein ziemlich großes, leicht feuchtes Bündel. Madame Lavigne hob es auf und trug es in die Stube hinein. Sie legte es vorsichtig auf den Tisch, verschloß dann die Türe und steckte die Kerze wieder an. Als sie dann das Bündel aufgerollt hatte, stand sie staunend vor dem winzigsten Baby, das sie je gesehen hatte.

Es muß eine schwierige Situation gewesen sein. Und Madame Lavigne tat, was die meisten anderen in ihrer Lage auch getan hätten: Sie befreite das kleine Ding vollends aus seinen Umhüllungen, nahm es auf den Schoß und setzte sich vor das Torffeuer, um nachzudenken. Das Baby schien wundersam zufrieden zu sein, und Madame Lavigne fand, daß es das beste sei, es auszuziehen und ins Bett zu legen und dann weiterzustricken. Am anderen Morgen würde sie dann mit Père Jean sprechen und sich seinen Rat erbitten.

Sie zog dem Kind die Kleidchen eins nach dem andern aus. Noch nie hatte sie so etwas Kostbares gesehen. Sie befühlte voller Bewunderung die feinen Stoffe, bis sie schließlich das letzte kleine Hemdchen entfernt hatte und das kleine weiße Ding entblößt vor ihr lag. Da sprang sie plötzlich mit einem Schrei in die Höhe, wobei das Kind beinahe ins Feuer gefallen wäre. Sie hatte an dem Mal, das jedermann in der Bretagne bekannt war, erkannt, daß sie nicht ein Kind, sondern eine Fee vor sich hatte!

Das einzig Richtige wäre nun, wie Madame Lavigne sehr wohl wußte, gewesen, die Tür zu öffnen und das unheimliche Wesen hinauszuschleudern in die Dunkelheit. Die meisten Frauen im Dorf hätten so gehandelt und dann den Rest der Nacht auf den Knien verbracht. Aber irgend jemand mußte mit Bedacht gewählt haben. Madame Lavigne dachte voller Wehmut an ihren Mann und die drei kräftigen Söhne, die ihr nacheinander von der eifersüchtigen See geraubt worden waren, und sie brachte es nicht über sich. Das kleine Ding begriff diese Wendung der Dinge, das war deutlich zu sehen. Es lächelte verständnisvoll wissend und streckte seine kleinen Hände nach Madame Lavigne aus. Als sie auf ihrer braunen, verwitterten Haut die zärtliche, feine Berührung spürte, löste das in ihr ein längst vergessen geglaubtes Pochen des Herzens aus.

Père Jean – er muß ein sehr toleranter, gütiger, weiser alter Herr gewesen sein – konnte bei all dem nichts Unrechtes sehen. Das heißt, wenn Madame Lavigne sich diesen Luxus erlauben konnte. Vielleicht war es ja eine gute Fee. Brachte ihr vielleicht sogar Glück. Sicher ist jedenfalls, daß Madame Lavignes Hennen von da an viel häufiger gackerten und daß in dem kleinen Garten, den sie dem Moor abgewonnen hatte, nur mehr halb so viel Unkraut wuchs wie früher.

Natürlich sprach sich die Neuigkeit bald einmal herum, und Madame Lavigne muß sich, wie es scheint, ziemlich wichtig vorgekommen sein. Jedoch die Nachbarinnen schüttelten den Kopf und verboten ihrem Nachwuchs, mit dem Feenkind zu spielen. So wuchs es einsam und ohne Gefährten auf.

Zum Glück stand Madame Lavignes Häuschen weit von den übrigen entfernt. Und zudem gab es da ja noch das Moor mit seinen zahllosen Verstecken und Spielgelegenheiten. Der einzige, der sich um das Kind ein wenig kümmerte, war Père Jean. Er nahm das Mädchen häufig mit auf seine langen Fußmärsche durch die weit herum verstreute Kirchgemeinde und ließ es, versteckt zwischen Ginster und Farn, in der Nähe der einsamen Bauernhöfe warten, bis er seine Besuche abgestattet hatte.

Längst hatte er erkannt, daß es aussichtslos war, dieser zwischen See und Moor eingegürteten Herde mit den Mitteln der heiligen Kirche den heidnischen Aberglauben auszutreiben und das Kind in ihre Gemeinschaft einzugliedern. Er mußte es der Zeit überlassen. Später würde sich vielleicht eine Möglichkeit finden, es in einer Klosterschule unterzubringen, wo es vergessen lernen und eine gute Katholikin werden könnte. Inzwischen aber mußte man sich des einsamen kleinen Geschöpfs in Mitleid erbarmen. Vielleicht nicht einmal nur seinetwegen. Denn das Mädchen schien ihm nicht nur sehr lieb und anhänglich, sondern auch so merkwürdig weise zu sein. Wenn er sie im Schatten der Bäume oder im trockenen, warmen Unterstand bei den sanftäugigen Kühen aus dem begrenzten Vorrat seines Wissens etwas unterrichtete, so erschreckte sie ihn immer wieder mit seltsam unkindlichen Eingebungen und Bemerkungen. Es war, als habe sie vor langer Zeit einmal alles

gewußt. Père Jean pflegte ihr dann unter seinen struppigen Augenbrauen hervor einen schnellen Blick zuzuwerfen und in Schweigen zu verfallen. Merkwürdig war auch der Umstand, daß die Tiere in Feld und Wald vor dem Mädchen keine Angst hatten. Manchmal, wenn er an die Stelle zurückkam, wo sie auf ihn wartete, hielt er inne und fragte sich, mit wem sie wohl spreche. Und wenn er dann näherkam, hörte er bisweilen gerade noch das Davonhuschen kleiner Füße oder das erschreckte Aufflattern von Flügeln.

Sie hatte elfische Gepflogenheiten, von denen sie nicht abzubringen war. So hörte der gute Mann, wenn er mit seiner Laterne und seinem starken Eichenknüppel von einem späten Seelsorgegang heimkehrte, des öftern eine umherirrende Stimme. Nie war sie nahe genug, um verständlich zu sein, und auch die Stimme selbst war ihm fremd, und doch wußte er ganz sicher, daß es niemand anders sein konnte. Madame Lavigne pflegte mit den Achseln zu zukken, wenn sie davon hörte. Was konnte sie schon dagegen tun? Es war nicht ihre Sache, dem Kind entgegenzutreten – selbst wenn Riegel und Schlösser da etwas hätten nützen können. Père Jean fand sich mit der Sache ab, als er die Nutzlosigkeit seiner Bemühungen erkannte. Schließlich war ja auch er nicht dazu da, immer nur zu tadeln und zu schelten. Und wer weiß: vielleicht hatten ja auch geschickt und zärtlich gesponnene Fäden längst ein Netz um das Herz des kinderlosen alten Herrn gewoben und ihn zugleich ein wenig bange gemacht. Am besten war es, sie abzulenken! Da Madame Lavigne ihr sowieso nie gestatten würde, im Haushalt mehr als kleine Handreichungen zu tun, wollte er sie lesen lehren. Und sie lernte so rasch, daß es Père Jean scheinen wollte, als wolle sie ihn nur glauben machen, es nicht schon gekonnt zu haben. Doch fühlte er sich für seine Mühe reichlich belohnt, als er ihr Entzücken bemerkte, mit dem sie vor allem die altertümlich gedruckten Bände über alte Sagen und Geschichten verschlang, die er ihr von seinen seltenen Besuchen in der fernen Stadt heimbrachte.

Sie war so um die vierzehn, als die Damen und Herren aus Paris im Dorf auftauchten. Natürlich waren es nicht wirkliche Damen und Herren. Vielmehr war es bloß eine kleine Künstlergruppe, die nach neuen Motiven Ausschau hielt. Sie hatten sich schon die Küste und die ineinander verschachtelten Holzhäuser in den engen Gassen angesehen, und einer unter ihnen schlug vor, nun auch das einsame Hinterland zu erkunden. So waren sie ihr begegnet, wie sie auf einem alten grauen Stein saß und in einem uralten Buche las. Sie erhob sich und machte einen artigen Knicks.

Ängstlich war sie ja nie gewesen. Vielmehr war sie es, die bei anderen Furcht hervorrief. Wie oft mußte sie traurig den Kindern nachblicken, die vor ihr davonliefen! Aber ändern ließ sich das eben nicht. Zwar hatte sie ihnen nichts zuleide getan. Aber sie war eine Fee, und man konnte von den Kindern eben nicht erwarten, daß sie anders reagierten. So war es nun eine köstliche Abwechslung, einmal Menschen zu begegnen, die weder aufschrien noch hastig ihr Vaterunser herunterbeteten, sondern ihr freundliches Lächeln erwiderten. Sie fragten sie, wo sie wohne, und sie zeigte es ihnen. Sie selbst hatten ihr Quartier in Aven-à-Christ. Eine der Damen war sogar beherzt genug, sie zu küssen. Lachend und schwatzend stiegen alle zusammen den Hügel hinab.

Sie trafen Madame Lavigne bei der Gartenarbeit. Sie lehnte jede Verantwortung ab. Suzanne müsse selbst entscheiden. Es schien, daß sie ein Bild von ihr malen wollten, wie sie auf dem grauen Stein saß, wo sie ihr begegnet waren. Die Freundlichkeit gebot, sie gewähren zu lassen. So waren sie am anderen Morgen wieder da und warteten auf sie. Sie gaben ihr ein Fünffrankenstück. Madame Lavigne hatte Bedenken, es anzufassen, aber Père Jean, der in solchen Dingen Bescheid wußte, bürgte dafür, daß es gutes republikanisches Geld war. Und während die Tage dahingingen, fühlte sich Madame Lavignes schwarzer Wollstrumpf, wenn sie ihn abends in den Rauchfang zurückhängte, von Tag zu Tag schwerer und schwerer an.

Die Pariser Künstler waren die ersten, die erkannten, wer sie wirklich war. Von allem Anfang an waren sie sich darüber einig, daß sie eine Fee war und «Suzanne» nicht ihr richtiger Name sein konnte. Bestätigt fanden sie es in Bruder Bonnets «Heptameron», wo von den Abenteuern des heldenhaften und starken Königs Ryence von Brittannien berichtet wird. Einer von ihnen hatte es bei einem Bouquinisten am Quai aux Fleurs entdeckt und mitgebracht. Es enthielt alles über die Geschichte der Weißen Damen, welche darin genau beschrieben wurden. So war es ausgeschlossen, sie zu verkennen: den schönen schlanken Körper, der sich wiegte wie eine Weidenrute im Wind. Die weißen Füße, die beim Gehen nicht einmal den Tau vom Grase stäubten. Die Augen, blau und tief wie Bergseen. Die goldenen Locken, um die selbst die Sonne sie beneidete ...

Alles war vollkommen klar. Sie war Malvina, die einstige Favoritin Harbundias, der Königin der Weißen Damen von Brittannien. Aus Gründen, auf die weiter einzugehen die Höflichkeit verbot, war sie zu einer ruhelos Umherirrenden geworden, über deren weiteren Verbleib niemand mehr etwas wußte. Bis ihr nun der wunderliche Einfall gekommen war, als kleines bretonisches Mädchen dorthin zurückzukehren, wo sich ihre einstigen Herrlichkeiten abgespielt hatten. Sie knieten nieder und huldigten ihr, und alle Damen küßten sie. Danach dachten die Herren, nun seien sie an der Reihe. Daß es nicht dazu kam, daran war nicht ihre Schüchternheit schuld, in diesem Punkt muß man ihnen Gerechtigkeit widerfahren lassen. Sie erlebten eben einfach das Ganze so, als wäre eine junge Königin, die lange verbannt und unerkannt zwischen Fremden gelebt hatte, plötzlich von einer Schar ihrer getreuen Untertanen erkannt worden, die da zufällig des Weges zogen. Und so reagierten sie eben statt mit Gelächter und Ausgelassenheit, wie es zunächst wohl ihre Absicht gewesen war, auf eine ganz schlichte Art und Weise: indem sie mit entblößten Häuptern einfach dastanden und keiner das erste Wort zu sagen wagte.

Mit einer anmutigen Geste wollte sie ihnen ihre Befangenheit nehmen – oder versuchte es wenigstens. Dann bat sie alle inständig darum, ihr Geheimnis zu wahren. So entlassen, kehrten sie ins Dorf zurück: eine erstaunlich nachdenkliche kleine Schar, die sich rundum etwa so fühlte wie einfaches Volk, dem ein erster Blick in die Welt der «High Society» gewährt worden ist.

Sie kamen im darauffolgenden Jahr wieder – oder doch einige von ihnen – und brachten ein Kleid mit, das, wie sie meinten, Malvina angemessener war als die Fetzen, die sie trug. Es kam dem wahren und ursprünglichen Gewand, wie es der Chronist Bonnet beschreibt – die Zauberspinne Karai soll es in einer einzigen Nacht aus Mondlicht gewoben haben –, so nahe, wie nur Paris es zustandebringen konnte. Malvina nahm es mit anmutigem Dank entgegen und war sichtlich erfreut, sich wieder passend und anständig kleiden zu können. Es wurde für besondere Anlässe versteckt; wo, wußte nur Malvina selber. Als aber die Dame, die Malvina zuerst geküßt hatte und deren Spezialität Feen waren, sie inständig darum bat, stimmte sie zu, ihr in dem Kleid für ein Porträt Modell zu sitzen. Noch heute ist das Bild im Palais des Beaux Arts in Nantes (Bretonischer Raum) zu besichtigen. Es zeigt sie, aufrecht wie ein Pfeil, als einsame kleine Gestalt mitten in einer baumlosen Heide. Man sagt, das Gewand sei meisterlich gemalt. «Malvina von Brittannien» lautet die Legende, datiert ist das Bild mit 1913.

Im folgenden Jahr war Malvina nicht mehr da. Noch kurz zuvor hatten Madame Lavigne und Père Jean sie für die Klosterschule gewinnen wollen. Die alte Dame hatte, die gichtigen Hände gefaltet, ihre Vaterunser vor sich hergemurmelt, während Père Jean das Mädchen für seine Pläne zu begeistern suchte. Aber zum ersten Mal war sie ihm gegenüber ausgesprochen halsstarrig gewesen. Irgend eine Phantasievorstellung schien das Kind ergriffen zu haben. Etwas, was sie offensichtlich mit der weiten, baumlosen Heide in Zusammenhang brachte, die sich gegen Süden bis dorthin erstreckt, wo König Tamaris' uralter Menhir eine lichte Anhöhe krönt. Der gute alte Mann gab nach, wie immer. Vorläufig waren da ja noch die kleinen Ersparnisse von Madame Lavigne. Zudem waren Suzannes Ansprüche gering. Die wenigen notwendigen Einkäufe konnte Père Jean aus der eigenen Kasse berappen. Und bei Einbruch des Winters würde er das Thema erneut aufs Tapet bringen, dann allerdings auf seinem Beschluß beharren. Père Jean hatte ja Verständnis. Jetzt war eben gerade die Zeit der langen Sommernächte, in denen Suzanne herumzustreifen liebte, und was eine mögliche Gefahr betraf, so gab es im Umkreis von dreißig Meilen keinen einzigen Burschen, der nicht selbst bei Tage einen weiten Umweg um die Hütte gemacht hätte, die dort stand, wo die Heide sich der See zuneigte.

Dennoch darf man vermuten, daß selbst eine Fee sich manchmal einsam fühlen kann. Insbesondere eine verbannte, zwischen Luft und Erde schwebende, die wußte, daß sterbliche Mädchen küßten und freiten, während sogar die eigenen Gefährtinnen sich vor einem verborgen hielten. Vielleicht bildete sie sich auch ein, daß sie ihr – nach all den Jahren – ohnehin vergeben würden. Jedenfalls war die Stelle bei den Menhiren, wie die Legende berichtet, ihr bevorzugter Aufenthaltsort, ganz besonders in den Mittsommernächten.

Nur selten noch kam es vor, daß ein menschliches Auge einen Schimmer ihrer flimmernden Gewänder erhaschte, doch hätte man, wäre man beherzt genug gewesen, sich dorthin zu wagen, hoch oben auf der baumlosen Heide zur Musik der Dame von der Quelle den Rhythmus ihrer tanzenden Füße hören können. Wenn sie, leise rufend, ihre Gefährtinnen suchte, mochte es da nicht sein, daß sie sich ihr plötzlich wieder zeigten, ihr wieder Platz machten im wirbelnden Reigen? Man hat das Gefühl, daß das seltsame Mondlichtkleid dieser Hochebene sie in ihren Hoffnungen bestärkte. Lebensweisheit lehrt, daß an Selbstvertrauen gewinnt, wer sich gut gekleidet fühlt.

Was aber, wenn alle verschwunden waren – dreimal von einem Manne geküßt und zu Menschenfrauen geworden? Das war doch die eine Möglichkeit, mit der eine Weiße Dame immer zu rechnen hatte – vorausgesetzt, sie war gewillt, so etwas zu erdulden. Andernfalls hatte der allzu wagemutige Sterbliche eben Pech gehabt. Aber wenn er die Gunst einer Weißen Dame errang! Daß er tapfer und kühn war, bewies allein schon sein Werben. Wenn er überdies noch von freundlichem Wesen war und Augen hatte, die einen zu ihm hinzogen ... Die Geschichte bezeugt, daß Träume wie diese selbst einer Weißen Dame nicht zuwider waren. Jedenfalls nicht in Mittsommernächten, wenn zugleich Vollmond ist. In einer solchen Nacht hatte einst Sir Gerylon Malvinas Schwester Sighile mit einem Kuß geweckt. Und seither hatte sich die Lage nicht verändert. Eine Weiße Dame mußte jederzeit gegenwärtig sein, ihrem Schicksal ins Auge zu blicken.

Und ein solches scheint schließlich auch Malvina beschieden gewesen zu sein. Einige

Dorfbewohner behaupteten, wie Père Jean berichtet, der Betreffende sei in einem von geflügelten Pferden gezogenen Triumphwagen gekommen und habe auf seiner donnernden Fahrt das halbe Dorf aus dem Schlaf gerissen. Wieder andere wollten gesehen haben, er sei in Gestalt eines großen Vogels erschienen. Auch Père Jean selbst hatte in jener Nacht verdächtige Geräusche gehört, und sicher war auf alle Fälle, daß Suzanne seither verschwunden war.

Eine weitere Version hörte Père Jean einige Wochen später von einem englischen Fliegeroffizier, der vom nächstgelegenen Bahnhof mit dem Fahrrad herangeradelt kam, fürchterlich schwitzte und vor Durst beinahe starb. Und Père Jean, der das Versprechen erhielt, er dürfe Suzanne bei der ersten sich bietenden Gelegenheit wiedersehen, glaubte der Fassung des Engländers. Den meisten Leuten in seiner Gemeinde aber klang sie wie albernes Geschwätz, eigens dazu erfunden, um die Wahrheit zu vertuschen.

So endet meine Geschichte – oder vielmehr die Geschichte, die ich mir aus Aussagen gegensätzlicher Natur zusammengestückelt habe. Was immer Ihre Ansicht darüber sein mag – ob Sie sie wegerklären wie der Doktor oder ob Sie, wie Professor Littlecherry, Doktor beider Rechte und Mitglied der königlichen Akademie der Wissenschaften, glauben, daß unsere Welt doch noch nicht restlos erforscht und beschrieben ist –, Tatsache bleibt, daß es Malvina von Brittannien nicht mehr gibt. Die junge Mrs. Raffleton dagegen, die auf den Hügeln von Sussex mit pochendem Herzen auf ferne, dumpfe Geräusche lauscht und vor niemandem so viel Angst wie vor dem Telegraphenboten hat, weiß nun schon um die Nachteile, die mit ihrem neuen Stand als Menschenfrau verbunden sind. Und dennoch darf man, wenn man in diese seltsam tiefgründigen Augen blickt, sicher sein, daß sie sich in nichts anderes mehr verwandeln möchte – selbst wenn sie es noch könnte.

# Jerome K. Jerome

*Roman. Bd. 8156*

Mit pointiertem Witz erzählt Jerome vom »Bummel« dreier vergnügungssüchtiger Engländer durchs wilhelminische Deutschland. Ihre Fahrradreise gleicht einem satirischen Bilderbogen durch ein Land, in dem die Menschen ohne Polizeivorschriften nicht glücklich sind, und in ihrem Ordnungsfanatismus das ganze Land – inklusive die Natur – aufräumen.

*Roman. Bd. 8157*

Jerome erzählt die Liebesgeschichte eines englischen Fliegeroffiziers mit einer verstoßenen bretonischen Fee. Bevor sie der dritte Kuß – so wollen es die Statuten der geheimnisvollen »Weißen Damen« – endgültig zur Menschenfrau werden läßt, richtet Malvina, so heißt das Zauberwesen, in einem biederen englischen Dorf noch allerlei Verwirrungen an.

**Fischer Taschenbuch Verlag**

fi 410/1

# Jaroslav Hašek

**Schule des Humors**
*Zwölf Lektionen*
*Kurzgeschichten. Band 5372*

Der Titel ›Schule des Humors‹ ist nicht ganz ernst, auch nicht unbedingt wörtlich zu nehmen. Strengen Pädagogen sollte von der Lektüre dennoch dringend abgeraten werden. Denn Hašeks bitterböse Humoresken aus dem bürgerlichen Heldenleben lassen das aufbauende Moment vermissen: alle seine Geschichten enden in boshaften Pointen, denen geschickt lancierte Katastrophen den Weg bereiten.

**Von Scheidungen und andern tröstlichen Dingen**
*Humoresken. Band 5766*

Die Zielscheibe seines Spottes sind Dummheit und Beschränktheit seiner Mitmenschen. Von den ins Aberwitzige vergrößerten Schwächen wird so boshaft pointiert erzählt, daß den Leser ein ganz besonderes Lesevergnügen erwartet.

**Der Abstinenzlerabend und andere Humoresken**
*Herausgegeben von Jana Halamičková*
*Band 5840*

Wie der Quartaner Papoušek im Traum Julius Cäsar begegnet, der seinem Lateinlehrer zum Verwechseln ähnlich sieht, wie das Prager Amtsblatt durch sinnentstellende Druckfehler seine Leser zu bildungsbeflissenen Nachforschungen anregt oder wie aus dem humanistisch gesinnten, fürstlichen Bibliothekar Herrn Caboun im Handumdrehen ein Lausbub wird. Diese und andere Grotesken aus dem Leben des Prager Kleinbürgers sind nachzulesen in 34 bislang unbekannten Humoresken.

**Fischer Taschenbuch Verlag**

fi 352/1